KB106356

미완성
(美緩成)

느리게, 아름답게 이루는 삶에 관하여

미완성(美緩成) - 느리게, 아름답게 이루는 삶에 관하여

발행일 2017년 1월 23일

지은이 은혜진
펴낸이 손 형 국
펴낸곳 (주)북랩
편집인 선일영
편집 이종무, 권유선, 송재병
디자인 이현수, 이정아, 김민하, 한수희
제작 박기성, 황동현, 구성우
마케팅 김회란, 박진관
출판등록 2004. 12. 1(제2012-000051호)
주소 서울시 금천구 가산디지털 1로 168, 우림라이온스밸리 B동 B113, 114호
홈페이지 www.book.co.kr
전화번호 (02)2026-5777
팩스 (02)2026-5747

ISBN 979-11-5987-314-0 03810 (종이책) 979-11-5987-315-7 05810 (전자책)

이 도서의 국립중앙도서관 출판예정도서목록(CIP)은 서지정보유통지원시스템 홈페이지(http://seoji.nl.go.kr)와 국가자료공동목록시스템(http://www.nl.go.kr/kolisnet)에서 이용하실 수 있습니다.
(CIP제어번호 : CIP2017001781)

미완성(美緩成)

ㅣ

느리게,
아름답게
이루는 삶에 관하여

국제기구 인턴 출신 20대 여성의 용기 있는 도전

은혜진 지음

북랩 book Lab

Prologue

제가 이 글을 쓰는 것은 이미 꿈을 이루고 대단한 것을 성취했기 때문이 아닙니다. 이 글은 국제무대에서 세계 속의 자랑스러운 한국인이 되는 것을 목표로 계속 노력하면서 있었던 일련의 경험의 발자취입니다.

요즘 제 또래의 많은 청년들, 부모님, 세대를 아우르는 많은 사람들이 미래를 두려워하고, 또 현재를 힘겨워하며 살고 있습니다. 저 또한 미래에 대한 불안감과 저만의 길을 가고자 하는 욕망이 지나친 탓에 일상생활이 불가능할 정도로 몸이 무너진 적도 있었고 회의감이 들 때도 많았습니다.

어떻게 보면 글도 한 사람의 경험을 넘어설 수 없으므로 제 책이 어떻게 비칠까 조심스러운 마음도 있습니다. 하지만 세상을 살아나가는 데에는 정답이 없어서 자신감을 갖고 저의 경험을 공유하게 되었습니다.

지금은 아주 유명한 말이 되었지만, 예전에 스티브 잡스가 스탠포드 대학교 연설에서 “Connecting the dots(점들을 잇는 것)”라고 한 것이 뇌리에 남습니다. 서로 관련이 없어 보이는 경험일지라도 결국 언젠가 쓰일 날이 올 것을 믿기 때문입니다.

이제는 어디서부터 손대야 할지 모를 만큼 복잡해진 세상이 되었습니다. 더 좋은 세상이 되는데 제가 조금이라도 도움되고 싶다는 취지로 조금씩의 다른 경험들을 해왔습니다. 경험들 속에서 길을 잃을 때도 많았고, 먼 훗날의 큰 성취를 꿈꾸며 극심한 엔도르핀 속에서 산 적도 있습니다. 그 끝에 결국 제가 깨달은 것은 인생은 죽을 때까지 완성될 수 없다는 것입니다.

미완성일 수밖에 없는 삶의 평면 안에서 급행으로 달리다 보면 빠른 시간 안에 끝이 보입니다. 모두가 한정된 시간과 공간을 살기 때문에 어쩔 수 없습니다. 제가 신이 아니므로 인생의 절대 진리를 알 수는 없지만, 삶을 아름답고 또 느리게 이루어 나가다 보면 어느새 자신만의 정상에 도달해 있을 거라고 생각합니다.

책의 제목 '미완성'도 한자를 바꾸어 중의적인 의미를 담도록 했습니다. 보통 완성되지 않은 것을 미완성이라고 하지만, 완성되는 과정 또한 미완성이며 인간의 삶은 미완성일 수밖에 없습니다. 또 본래의 의미와 다르게 아름다울 미, 느릴 완, 이룰 성의 한자로 바꾸어 보면 느리지만 아름답게 이뤄가는 삶의 의미가 됩니다.

이 책을 쓰기까지 많은 용기와 시간이 필요했습니다. 저의 인생의 한 단락을 나눈다는 심정으로 이 책을 탈고했습니다.

저를 늘 응원해주시고 기도해주시는 아빠, 엄마 그리고 나의 꿈과 생각을 지지해주고 사랑으로 감싸주는 경진, 힘들 때 벗이 되어주는 예진, 마지막으로 늘 내 길을 아시고 인도해주시는 아버지 하나님께 이 책을 바칩니다.

일상을 위해 살지만, 그 삶의 무게에 갇힌 모든 분과 공유하고 싶습니다.

Contents

Part 01. 나만의 길을 찾아서

Part 02. 더 넓은 세계로

Part 03. 어둠의 터널 속에서

Part 04. 다시 기지개를 켜다

Part 05. 국제무대를 향하여

Part 06. 완만하고 아름답게 꿈을 이루기 위하여

Part 01

•

나만의 길을 찾아서

사법부 첫 행사에 패널로 참가하다

2012년 1월의 어느 추운 날, 전화 한 통이 걸려왔다. 예전에 몇 번 뵈었던 서울중앙지방법원 형사부의 수석판사님이셨다. 중앙지법에서 어쩐 일인가 싶었다. 순간, 그림자배심원에 내가 제일 많이 참가해서 그것에 관해 인터뷰하시려는 건가 싶었다.

들어보니 서울중앙지법에서 대법원 측에 가장 똑똑한 학생을 추천해달라고 하셨는데, 나를 추천해주셨다고 했다. 사실 가장 똑똑한 학생은 아니었지만, 기자단을 하면서 성실성을 보시고 추천해주신 것 같았다. 그때부터 나는 마음속에서 용광로가 터진 것 같은 뜨거움에 몸 둘 바를 몰랐다. 그리고 판사님이 처음으로 사법부에서 국민들과 소통하기 위한 행사를 개최하는데, 학생 대표로 패널로 나와줄 수 있겠냐고 하셨다. 나는 알 수 없는 기쁨에 어찌할 바를 몰라 무조건 알겠다고 했다. 이후 행사에서 내가 발언할 것들을 준비했다.

2012년 2월 6일.

처음으로 사법부에서 공식적인 행사를 개최한 날이다. 나는 그 날 대법원 인턴십 때 뵈었던 여성판사님과 인사를 나누고 동선을 어떻게 해야 할지 등 설명을 들었다. 그때까지만 해도 나는 기자분들처럼 청중석에서 몇 마디 질문만 하면 되는 건 줄 알았는데, 자리 지정석이 적힌 종이를 보고 그 순간 '아, 생각보다 일이 커졌구나' 싶었다. 내가 앉을 자리는 청중석이 아닌 단상의 패널지정석이었다.

서울중앙지법 형사부 수석부장판사님께서 사회를 보시는 가운데 조국 서울대 법학전문대 교수님, 고등법원 부장판사님, CEO분들, NGO 대표, 영화감독 등 나를 제외한 분들이 모두 사회저명인사였다. 나는 그 사이에서 주어진 발언 시간 안에 발언해야 하는 임무가 주어졌다. 정말 감사하면서도 내가 과연 해낼 수 있을지 부담이 커졌다.

하지만 그 날 행사는 걱정할 겨를도 없이 많은 청중들이 피켓을 들고 일어서거나 영화 '부러진 화살' 이야기가 나오면 소리를 지르는 등 불안정한 분위기 속에서 진행되었다. 당시 영화 부러진 화살에 대한 이슈가 대단했고, 이에 따라 사법부에 대한 불신이 깊었기 때문에 상당히 조심스러운 상황이었다.

나는 생각지도 못한 분위기에 당황해서 마음도 가라앉힐 겸 종이에 차근차근 우리나라의 문제가 무엇인지 적어보았다. 다른 분들은 이런 자리 경험이 많으셔서 그랬는지 핸드폰을 보기도 하시고 여유롭게 상황을 지켜보는 분위기였다. 하지만 나는 이런 자리에 나와 보지도 않았을뿐더러 이렇게 혼란스러운 분위기는 어디에서도 보지 못했으니 좌불안석이 따로 없었다.

단상의 내 이름이 붙은 자리에 앉고 얼마 지나지 않아 옆에서 누군가가 말을 걸었다. NHN 대표이사라는 직함을 가지고 계신 분인데 내 이름이 무엇인지, 어떻게 여기에 오게 됐는지 웃으면서 긴장하지 않게 계속 말을 걸어주셨다. 이런 상황에도 떨지 않아도 된다면서 나를 계속 챙겨주셨다. 처음에는 누군지 알지 못하는 분이 이렇게 챙겨주시니 정말 고맙기도 하고 여유로움이 묻어나는 것이 부럽기도 했다. 그제야 나는 긴장이 조금씩 풀어져 그분께 이 상황과 여러 가지 생각나는 대로 여쭤보았다. 그럴 때마다 조근조근 답해주시고 내 차례가 왔을 때 잘하라면서 격려해주셨다.

다른 분들의 발언이 모두 끝나고 드디어 내 차례가 왔다. 나는 '우리나라 양형 기준이 하향 평준화된 것이 결국 사법불신을 초래하는 것이 아닌가'라는 주제로 발표했다. 재판과정을 지켜보면서 보았는데, 살인죄의 경우 2년 6개월 형을 받는 경우가 많았다. 물론 사건마다 다르고 정황마다 다르겠지만, 우리가 실제 법익을 형량해 볼 때, 2년 6개월의 수감생활이 과연 생명이라는 법익과 비교가 될 수 있을지 의문이 들었다. 이에 관해 발표하는데 중간에 여러 청중들이 자신의 이야기를 들어야 한다며 발언을 중지시키려고 했다.

누구든 각자의 사정을 다 이해하지 못한다. 이 세상에는 선의의 피해자가 많다는 것도 알고 있다. 하지만 불공정함의 표출이 이런 식으로 이뤄진다면 과연 궁극적으로 사법의 공정함을 실현할 수 있을까라는 생각을 하게 되었다. 시민의식에 대해 진지하게 생각해보게 된 아주 소중한 경험이었다. 그리고 이를 계기로 너무나 좋아하던 법원이었지만 이곳은 앞으로 내가 있어야 할 곳이 아니란 것도 느끼게 되었다. 더욱 넓은 세상으로의 갈망이 이때 처음 생겨났다. 우리나라를 더욱 국민이 살기 좋게 만들기 위해서 내가 할 일이 무엇인지 찾고 싶어졌다.

패널과의 대화가 끝나고 나는 옆에 계셨던 분께 너무나 감사해서 인사를 드렸다. 다른 분들께도 인사를 드렸지만, 왠지 평생 잊지 못할 것 같다는 생각이 들었다.

알고 보니 그 분은 김상헌 NHN 대표이사님으로, 예전에 판사를 하셨고 하버드에서 석사학위를 받으시고 대기업 법무팀에 계시다가 현재는 NHN 대표이사님을 하고 계시다. 사실 그 당시 내 앞에 계시던 저명한 교수님의 책을 읽고 실제 만나게 되어 가슴이 설렜는데, 그 행사 이후 김상헌 대표이사님이 오히려 나에게 뮤즈가 되셨다. 처음 보는 학생에게 말을 걸어주고, 긴장하지 않도록 격려해주는 행동은 겸손함과 삶 속에 깊은 깨달음 없이는 나올 수 없다고 생각한다. 만약 그 분이 권력이나 물질을 우선 가치로 놓았다면 그 자리에서도 다른 저명한 인사들과 네트워킹하기에 바빴을 것이다. 나는 김상헌 대표님을 그 날의 인상을 통해서만 판단할 수밖에 없지만, 겸허함과 자연스레 풍기는 아우라를 잊지 못한다.

이 이후부터 언젠가는 꼭 이분들과 어깨를 나란히 할 만큼의 멋진 사람이 되어서 이런 자리에 서야겠다는 다짐을 하게 되었다. 이 행사가 내 인생의 초점을 바꾸어 놓았다.

이 이후로도 이날은 몇년간의 나의 삶의 동력이자 소중한 경험으로 남았다. 그리고 이때부터 법조인의 길을 버리고 보이지 않는 나의 길을 처음부터 찾아 나섰다.

▶ 사법부 첫 행사 '소통 국민 속으로'

▶ 사법부 행사 패널 참가 당시 청중의 모습

특별했던 어린 시절

나는 외향적인 면과 내향적인 면이 뒤섞여있다. 때에 따라 집에 틀어박혀 책을 읽고 음악을 들으며 한없이 정적인 생활을 하기도 하고, 밖에 돌아다니며 세상 구경하는 걸 좋아하기도 한다.

나는 유치원 때 목소리도 크고 친구들과 어울리는 걸 좋아하는 활기찬 아이였다. 그런데 초등학교 때 집안 경제사정 때문에 네 개의 초등학교를 옮겨 다니게 되었다. 환경이 자주 바뀌면서 적응하는데 에너지를 쏟아야 했기 때문에 나름 친구들에게 인상을 줄 수 있는 방법도 연구해보고, 혼자 있는 날에는 나만의 동굴로 깊숙이 들어가 책도 보고 생각만 하며 지내기도 했다.

초등학교 4학년 때 전학을 갔는데 나에겐 벌써 세 번째 학교였다. 새로운 곳에 적응하는 것이 익숙해진 상태여서 따로 걱정하거나 긴장하지는 않았다.

그런데 전학 첫날 처음 보는 풍경을 접했다. 담임선생님은 수시로 아이들에게 욕을 해댔고 점심시간에는 친구들과 시간을 보내는 대신 윤광이 나도록 바닥 왁스 칠을 시켰다.

어느 날에는 충격적인 광경을 목격했다. 선생님이 평소 좋아하지 않던 아이가 있었는데, 자신이 시키는 것을 못하자 손으로 얼굴을 내리쳐 그 아이가 쓰러진 것이다. 기억 속에 그 아이는 일 년 내내 눈물 흘렸던 날이 많았다. 그 날부터 충격을 받아서인지 등교를 할 때면 늘 긴장이 되었다.

나는 다른 아이들과 달리 혼자 버스를 타고 등·하교하는 학생이었다. 부모님 모두 일하셔야 했고 집안 사정이 어려워 학교에서 먼 곳에 있는 집에 살 수밖에 없었다.

어느 날은 반에서 선생님께서 주소 조사를 하면서 각자 불러주는 주소에 해당하면 손을 들라고 했다. 반 아이 중 나와 어떤 아이 둘만 학교에서 먼 동네에 살고 있었다. 나는 그게 큰 문젯거리라고 생각하지 않았다. 그런데 학교가 끝나고 아이들과 있는데 어떤 아이 둘이 내 앞에서 소곤대는 것이 들렸다. 내가 안 좋은 동네에 산다며 가난하다는 내용이었다. 그 아이들은 서로 아파트 평수로 자랑했고 부모님들은 수시로 학교에 들락날락했다. 세 번째 학교라 잘 적응할 수 있을 줄 알았는데 내 생각은 완전히 잘못된 것이었다.

이런 일들이 있다 보니 어느 순간부터 학교에 가기 싫어졌다. 아무리 손을 들고 발표를 많이 하고 공부를 해도 비싼 사교육을 받는 반장을 따라잡을 수가 없었고, 아이들에게 언어폭력과 신체적 폭력을 행사하는 선생님의 그늘에 두려움이 더욱 커졌다.

그렇게 지친 채로 집에 돌아가면 아무도 없었다. 나도 다른 아이들처럼 하교 후 집에 갔을 때 엄마가 반겨 준다면 참 좋겠다는 소원이 생기기까지 했다. 갑자기 바뀐 환경에서의 긴장감을 따스하게 녹여줄 엄마가 필요했다.

혼자 있을 때면 사는 게 무엇일까 생각하곤 했다. 철저한 외로움 속에서 달리 할 것이 없었다. 그리고 나중에 꼭 훌륭한 사람이 되어서 부모님의 마음이 아프지 않았으면 하고 기도했다. 조금이라도 도움이 될까 싶어 푼돈이 생기면 은행에 가서 천 원씩 저금했던 기억이 난다. 지금 생각하면 그 시기 덕분에 어른이 된 지금 혼자 있는 시간을 잘 활용하는 법을 깨우친 것 같아 감사하지만, 당시에는 그날들이 언제쯤 끝날지 막막했다.

물론 중간중간에 학급 임원을 하면서 대표로 TV 출연을 하기도 하고, 친구들을 우리 집에 초대하며 놀기도 했다. 그 당시에는 좋은 기억이었으나 일상이 회색 빛깔같았기 때문에 좋은 기억이 가리워진 것 같다.

6학년 때 담임선생님은 열심히 공부하면서 힘들게 학교에 다니는 나를 특별히 생각해주셨다. 예전과는 달리 어머니들이 자주 들락날락하지도 않았고, 선생님도 좋아서 학교 가기가 괴롭지 않았다. 그런데 학급에서 돌아가면서 왕따를 시키던 관행이 문제였다. 드디어 왕따에 내 차례가 돌아왔다. 어느 날은 견디기 힘들 정도로 너무 마음이 아팠던 하루가 있었다. 평소에 힘든 걸 내색하지 않던 나는 점심시간에 일하고 있는 엄마에게 공중전화로 전화를 걸어 울면서 너무 힘들다고 했다. 자기 일을 알아서 잘할 걸로 생각했던 큰딸이 그런 일을 겪고 힘들어하는 걸 털어놓자 엄마도 울면서 미안하다고 하셨다. 얼마 뒤 엄마는 일을 그만두셨다. 그리고 아버지의 일터에 좀 더 가까운 곳으로 또 한번 이사가게 되었다.

다시 환경이 바뀌고 집에서 엄마가 챙겨주면서 따뜻한 나날을 보냈다. 새로운 곳으로 전학 가자마자 반장이 되어서 더욱 자신감이 샘솟았다. 예전 학교와는 달리 학교 생활이 너무나 즐거웠고, 친구들이 좋았다. 짧은 시간이었지만, 졸업식 때는 장학금을 받을 정도로 학업도 즐거웠다. 환경에 따라 사람이 크게 변한다는 것을 느꼈다. 그런 경험들 덕인지 지금의 나는 좋은 사람들을 곁에 두고, 좋은 환경을 조성하려 노력한다.

지금 유년시절을 돌아보면 좋지 않은 기억도 많지만 참 행복했었던 날도 많았다. 200원짜리 불량식품 먹을 돈이 없어 '나중에 돈이 생기면 꼭 사 먹어야지'하면서 조그만 돈이라도 생기면 기뻐했다. 시골 동네에서 소꿉놀이한다며 뒷산에 가서 풀들을 갈아 음식이라며 몇 없는 친구들끼리 서로 먹으라고 했던 시절, 나는 작은 것에 참 행복해했다. 경제적으로 어려워도 행복할 수 있다는 것을 그 당시에 배운 것 같다. 지금도 역시 경제적인 능력보다는 행복의 질을 더 중요시하는 버릇이 그대로 남아있다.

십 대가 되고 중학교, 고등학교에 진학하면서 정신이 없어졌다. 대학교라는 높은 산이 있었고, 나는 놀고 싶은 마음이 가득한 딜레마 속에서 어찌해야 할지를 몰랐다. 이전에 외로웠던 보상심리가 발동해서인지 매일 친구들하고 어울렸다. 그러자 부모님은 나를 걱정하셨고 혹여나 나쁜 길로 빠질까 봐 노심초사하셨다. 나는 부모님의 걱정을 덜어드리려는 '수단'으로 공부를 했다. 수업시간에 최대한 집중해서 나중에 복습하지 않아도 될 정도로 내 것으로 만들었다. 칠판을 너무 째려본 나머지 어떤 선생님은 자신을 째려보는 줄 알고 선생님한테 안 좋은 감정이 있냐고까지 하셨다. 그렇게 학창시절을 보냈다.

막상 입시를 치르려니 어떤 전공을 해야할 지 막막했다. 학원에 다니지 않아서 수시나 정시 전형에도 까막눈이었다. 학교에서는 심화반에 들게 되어 추가적인 공부를 시켜줬지만, 스스로는 고3이 되어서야 수능 공부를 시작했다. 고3이 되고부터 쉬는 시간 없이 일주일에 문제집 한 권씩 풀었고 충분한 잠 없이 부족한 공부를 메꾸려고 노력했다. 그렇지만 꾸준히 수능 공부를 하지 않아서 한계점이 있었다. 그때 정시전형을 과감히 포기했다.

나는 수시로 대학교에 입학했는데, 고2 때 전국모의논술 당시에는 만삼천여 명 중 만삼천몇등이었다. 어릴 때는 글쓰기 상도 곧잘 받곤 했는데 나에게는 충격이었다. 지금 생각하면 글쓰기를 위해 아무런 노력도 하지 않았으니 당연한 결과였지만, 그 당시 나는 어떻게 해야 하나 싶었다. 그때부터 나만의 방식을 만들어가기로 했다. 고등학교 때 어떻게 하면 수학성적을 올릴까 생각하다가 최고 난도의 문제집을 구입해 야자 시간에 한두 문제 가지고 씨름하면서 결국 1등을 했다. 만약 약하다고 생각하는 부분의 성적을 올리고 싶거든 고난도의 문제로 약점을 극복하는 것이 나만의 방법이었다. 그래서 글쓰기도 비슷한 방법으로 접근했다.

여름 방학 때 장 자크 루소의 사회계약론, 존 스튜어트 밀의 공리주의 등 고전을 분석하며 읽고 필사했다. 또 교양법 책을 읽으며 문장구조를 분석하고 내용을 흡수했다. 모르는 문장구조가 있으면 국어 선생님께 책을 들고 찾아가 설명을 부탁드렸다. 이 외에도 엄마는 통학하는 버스에서 읽으라며 신문 사설을 매일 오려주었다. 지금 생각하면 너무나 감사한 일이다.

이 방법들은 효과가 있었다. 언어 모의고사 점수가 20점이 오르고 나중에 수리논술까지 합격한 걸 보면 전국 논술 거의 꼴찌가 상당한 성장을 한 것이다.

스무 살 이전까지는 도움을 많이 주었던 선생님들과 친구들도 많았지만, 진정 하고 싶은 것도 없었고 힘들었던 나날이 많았다. 지금 생각해보면 아주 큰 거름이 된 시절이었지만, 어린 나이에 겪기에는 끝이 없어 보였다. 하지만 내가 하고 싶은 것은 강력한 의지가 발동하는 성격이 생긴 것은 그 시절을 겪었기 때문인 것 같아 감사하다.

천방지축 대학교 생활

그렇게 원하던 학과에 들어가게 되고 나서 자유를 만끽하며 대학생활을 즐겼다.

학과에 속한 학회 동기들의 단결력이 좋아 자주 모임을 갖고 수다도 떨며 하루하루를 보냈다. 처음에는 틀에 박힌 학생 신분을 벗어나 대학생이 되니 그 자유가 얼마나 좋았던지, 스무 살이 영원하길 바랐다.

즐거운 나날들이 영원할 리 없었다. 스무 살은 가고 점점 주위가 보이기 시작했다. 법학과였기 때문에 사법고시에 일찍이 합격하는 사람도 있었고, 수업시간에 두각을 나타내는 학생들도 있었지만 나는 학생으로 치면 정말 '꽝'이었다. 공부를 했지만, 내가 좋아하는 과목만 열심히 했을 뿐 그 외 과목에는 최선을 다하지 않았다. 원래 좋아하는 것만 열심히 하는 성향이 공부에도 작용했다.

대학생활을 즐긴다고 생각했지만, 매일매일 제자리를 살고 있었다. 어느 순간부터 시간이 지날수록 남들보다 내가 뒤쳐지는 것 같았다. 갈수록 고민이 되었다. 몇 년 뒤에도 이렇게 살 수는 없었다. 그때부터 진정 하고 싶은 것이 무엇인지 차근차근 생각을 시작했다.

마케팅 동아리, 새로운 세계에 눈을 뜨다

새로운 세계를 경험하고 자극을 받고 싶어서 마케팅 동아리에 지원했다. 마침 동아리 원을 모집한다는 메일을 보고 도전해보자고 결심했다. 마케팅이라는 것이 뭔지 알지도 못했지만, 정체 상태인 있는 나에게 처음으로 도전과제를 주고 싶었다. 법학과와는 전혀 다른 곳에 지원한다는 자체만으로도 나에게는 큰 도전이었다.

서류제출을 하고 면접을 보게 되었다. 같은 그룹에는 공모전에서 상을 타는 등 스펙이 좋은 사람들이 있어서 기가 죽었다. 이런 상태에서 마케팅이 무엇인가에 대한 질문을 받았을 때 나는 횡설수설했다. 마케팅의 '마'자도 알지 못하니 이상한 말이 나올 수밖에.

선배 면접관들은 케이스를 주고 토론을 하게 했고, 나는 어차피 백지 상태이니 화두를 던져 선방을 날리자 싶었다. 그런데 목소리만 컸지 이번에도 이상한 쪽으로 말이 새나갔다. 창피함의 연속이었다. 그렇게 면접을 망치다시피 하고 나는 도전한 것에 의의를 두었다.

그런데 얼마 뒤 동아리에 합격했다고 연락이 왔다. 너무나 기뻤다. 새로운 것에 대한 열망이 강렬했던 터라 그곳에 아는 사람이 없어도 신이 났다.

나의 대학생활 제2막이 시작되었다. 그곳에는 치열하게 사는 사람들이 많았다. 정말 똑똑하고 진취적인 선배들을 보니 지금껏 알지 못했던 새로운 세계에 눈을 뜨게 되었다.

나는 마케팅 동아리 선배들을 통해 PPT와 포토샵, 프리젠테이션 능력 등 훗날 필요한 많은 것들을 배웠다. 종속적인 사고방식이 아닌, 생각의 틀을 뛰어넘는 사고방식의 중요성도 배웠다.

여러 활동을 하면서 '그동안 나는 좁은 시야에 갇혀 있었구나'를 느낀 적이 많지만, 마케팅 동아리 활동을 하면서 나는 우물 안 개구리였다는 걸 처음으로 느꼈다.

많은 사람들이 공모전에서 상도 받고, 밤을 새며 자기의 한계를 넘어섰다. 사람들 자체도 너무 좋아 도서관에서 같이 공부하고 일상을 함께하며 행복한 시간을 보냈다. 내가 업그레이드되는 것 같은 기분이 좋았고, 좋은 사람들과 함께해서 더 좋았다.

그런데 즐거운 나날을 보내면서도 마음 한 켠에서 내가 과연 이 길을 갈 것인가에 대한 고민이 스멀스멀 피어오르기 시작했다. 당시 그림자재판에 참가하고 학과에서 발표를 하면서 법에 대한 흥미를 새로이 느끼기 시작할 무렵이었다. 법은 이론적으로 볼 때와는 전혀 달랐다. 이론을 토대로 실제 사건에 적용하는 과정을 거치는 법이 정말 매력적이었다. 이 과정이 아주 재밌었다.

평소 이것이 아니라면 빨리 포기하고 맞는 것을 찾는 스타일이기 때문에 동아리 활동을 중단했다. 대학생활 중 행복의 정점을 달렸던 동아리 생활을 마치려니 아쉬움은 말로 토해낼 수조차 없었다. 같이 동아리 생활을 하고 이끌어주었던 분들께 미안하기도 했다. 그렇지만 내 분야에서 인정받는 사람이 된다면 모두 지지해줄 걸 알기에 그만큼 더 최선을 다하기로 결심했다.

동경의 대상, 서초동 법원

내 20대에서 가장 중요하고도 소중한 경험을 말하라면 주저없이 2012년 2월 6일 처음으로 사법부에서 주최한 행사에 패널로 참가한 것을 꼽겠다.

대법원 기자단을 하기 전에 몇 번 서울중앙지법에 들락날락한 경험이 있는데, 하루종일 진행되는 그림자배심원이라는 프로그램에 몇 번 참가했기 때문이다.

마케팅동아리 활동을 하던 학기에 형사소송법을 들었는데, 재판 과정을 직접 눈으로 보고 싶었다. 그리고 내가 앞으로 가야 할지도 모르는 법조계를 눈앞에서 직접 보고 싶었다. 예전에 재판을 방청한 적이 있었지만, 이번에는 나의 인생과 직결되는 문제를 놓고 가는 것이었기 때문에 사뭇 긴장이 되었다.

우리나라는 국민참여재판을 진행한다. 미국 법정 드라마에서처럼 배심원이 재판 과정을 보고 유죄인지 무죄인지 판단하는 배심제와 비슷하다. 그림자배심원 프로그램은 우리나라 국민이 국민참여재판을 참관한 후 토론하고, 양형해보는 아주 유익한 프로그램이다. 그 당시 담당 판사님은 형사부에 계신 수석판사 두 분이셨다. 너무나 겸손하시고 직업적인 부분에서도 뛰어나신 분들이셨다.

처음에는 다섯 명이, 두 번째는 오직 친구와 나만 참여했기 때문에 하루종일 판사님과 셋이서 있을 기회를 가지게 되었다. 셋이 밥을 먹고 커피를 마시면서 법원에 대한 얘기를 듣고 법 공부에 대한 에피소드를 들었다. 그러면서 나는 법원에 대한 애정이 마구 솟구치기 시작했다. 비록 법조계에 입문하는 과정은 험난할지라도 내가 이곳에서 의뢰인을 위해 변호하는 업을 삼을 생각하니 힘들 것 같은 나날들도 두렵지 않았다.

하루종일 진행되는 재판을 보고 모의양형을 했다. 실제 배심원들은 참고자료들과 실제 재판을 보고 유, 무죄를 판단하고 양형을 내리는데, 실제보다 경한 대가를 준다고 한다. 참고자료에 있는 양형 방법과 판례에 비추어서 판단하다 보니 그렇게 된 것인지, 직접 피고인을 대면해서 동정심이 유발되었기 때문인지 예상 밖이었다. 보통 TV에서 사건을 볼 때는 형을 가중해야 한다는 목소리가 크기 때문이다.

두 번째 참가했을 때 판사님과 더욱 친해져서 특별히 판사실에 나와 친구가 초대되었다. 우리는 담소를 나누며 구경을 했다. 판사실에는 아주 긴 책상에 상자 박스보다 높은 종이 무더기들이 쭉 늘어서 있었고, 두 분이 쓰는 판사실에는 그 종이뭉치들 때문에 삭막함마저 감돌았다. 모든 서류를 검토하고 자그마한 단서라도 놓치지 않아야 하는 판사라는 직업에 대해 경외감이 들었다.

한쪽에는 잘 깎여진 스테들러 연필들이 연필꽂이에 꽂혀 있었다. 그 사람을 배우려면 모방을 해야 한다는 생각에 그 이후로 스테들러 연필을 엄청나게 사 들고 책을 읽고 공부할 때마다 그 연필들을 애용했다.

판사실 구경을 마칠 때쯤 예전에 내가 왔을 때 찍었던 사진이 들어있다고 하시면서 우리에게 두 권의 '법원사람들' 사보를 주셨다. 나는 그것만으로도 너무나 감격스러웠다. 처음 애정을 가지게 되어 오게 된 법원에서 이런 귀중한 사진을 남기게 되고 또 법원 회보에까지 나오게 되다니. 나에게는 정말 커다란 추억이자 감격이었다.

판사님께서는 모의 양형 때 나의 양형 과정을 보고 사법연수원에서 배운 적 있냐고 칭찬을 해주셔서 뿌듯하기도 했다. 그 이후로 서초동 법원은 나에게 동경의 대상들이 모인 그런 네버랜드 같은 곳이 되었다. 또 꿈이 없던 나에게 강한 열망을 준 곳이었다.

▶ 서울중앙지방법원 판사실에서

주었다는 점이다. 물론 참가자들로서는 그런 류의 사건을 처음 접하다 보니 방청 도중 '튀어 나온', 다분히 파편적인 어떤 주장이나 진술에 필요 이상의 의미를 부여하는 경우도 없지는 않았다. 또한 살인, 강도 같은 자연범이 아닌 재산범 등에 있어서 증언의 행간에 놓여 있는 증인의 이해관계에 대한 고려가 다소 부족하게 느껴질 때도 있었다. 하지만 생각해보면 그것은 판사들도 사건을 많이 처리해 보고 기록을 찬찬히 들여다보지 않고는 확실히 파악하기 어려운 점들일 것이다. 한편 피고인, 변호인, 검사, 증인 등의 의

오는 것은 아닌지, 변호사가 되면 많은 돈을 벌 수 있었을 텐데 왜 판사가 되었는지, 전관예우는 실제로 있는지 등등 미리 생각 못한 여러 질문들이 나왔다.

◎ 살인 등 중한 사건에서 그림자배심 프로그램을 진행하다 보면 참가자들이 양형의 어려움이나 비정형성에 관하여 조금은 이해하게 되는 것을 느끼게 된다. 양형에 절대적인 정답은 없다는 사실, 사전에 만들어 놓은 수학적 산식을 통해 형량을 '계

▶ 법원 사보 '법원사람들'에 나온 사진

▶ 서울중앙지방법원 앞에서

대법원 기자단 활동

마케팅동아리를 하면서 역동적인 점은 좋았지만 동아리 원들이 원하는 것처럼 사기업에 평생 몸담아 일하는 것에는 자신이 없었다. 그때부터 미래에 대해 진지하게 생각을 하게 되었다. 내가 잘하는 것은 무엇인가? 나는 무엇을 원하는가? 내가 오래도록 열정을 가지고 임할 수 있는 것은 무엇인가? 등의 많은 고민을 하고 마케팅 동아리를 나오기로 결정했다. 그때의 결정은 그 이후 많은 것을 바꾸어 놓았다.

다행히 원하던 법학과에 입학하게 되었지만, 법조인이 될 수 있는 생활과는 동떨어진 삶을 살았다. 하지만 마케팅 동아리를 나온 후 다시금 법조인에 대한 갈망이 솟아올라 나를 법조계에 가까이 놓아보자는 결심을 했다. 그때부터 논리력을 키우기 위해 관련 책들을 읽기 시작했고, 서울중앙지법에서 했던 그림자 배심원에도 참여해 하루종일 재판을 보며 실제 양형도 내려보고 내가 법조계에 적합한 사람인지 따져보았다. 그렇게 한 학기 동안 법원에 왔다 갔다 하면서 내 마음속에서 이전에는 없던 소망들이 마구 뿜어져 나왔고, 전에는 느껴보지 못한 감정에 법조인이 되고자 하는 갈망이 거세졌다.

그런 소망을 가지고 있을 그해 여름, 대법원에서 기자단 모집 공고가 났다. 내 마음은 이미 대법원 기자단이 되어 있었고, 우수자 4인에게는 대법원 인턴십 기회까지 준다니 나에게는 아주 간절한 기회였다.

서류전형에 통과하고 처음 대법원에 가서 면접을 보게 되었다. 그 날은 비가 온 후였는데 대기실 너머 창문에 비친 안개 품은 우면산이 정말 아름다웠다. 멋진 경관을 보니 더욱더 합격하고 싶었다.

드디어 면접실에 일렬로 들어갔다. 총 네 명의 면접관이 계셨고, 여러 가지 질문들이 나왔다. "'법원사람들'에 사진이 나왔다고 했다고 했는데 어떻게 나온 거죠?"라는 질문과 더불어 기자단에 지원하게 된 동기, 그림자배심원에 참가한 경험 등을 질문하셨다. 예전에 그림자배심원에 몇 번 참가해서 이미 형사부 판사님과 안면을 익혀두었고, 그래서 판사님께서 다른 사람들은 방문한 적이 없는 판사실에 가볼 수 있는 특권을 주셨다. 그리고 법원 월간지인 '법원사람들'에 예전 그림자 배심 프로그램에 참가했을 때 찍었던 사진이 실렸다고 한 부를 주시기도 했다. 나는 면접관분들께 그런 얘기들을 했고, 법원에 대한 열정을 마음껏 어필했다.

그렇게 드러내놓고 법원에 대한 사랑을 피력한 결과 면접에 합격했다. 다른 합격자들처럼 쌓아놓은 스펙은 없었지만, 경험을 쌓고자 법원을 가까이 한 것이 나에겐 큰 합격 요인이었다. 나중에 사무관님이 어떤 걸 얻고자 하면 열정을 보여야 한다면서 내가 면접 당시 열정이 대단한 아이로 보였다며 칭찬해주셨다.

약 6개월 동안의 활동을 마치고 우수활동자 네 명에게는 대법원 인턴십의 기회가 주어진다. 처음에는 나보다 학벌도 좋고 똑똑한 학생들이 많은데 기회를 잡을 수 있을지 상상도 못 했다. 그래도 최선을 다해보자는 생각으로, 활동이 시작하자마자 몇 주치의 법에 관련된 주제를 미리 선정해놓는 데에 고심했다. 신선하면서도 생활에 관련된 법률을 찾으면서 나도 여러 사실을 알게 되었다.

학교에서는 뼈대가 되는 민법, 형법, 소송법 등을 배운다. 하지만 우리나라에는 약 5,000여 개의 법률이 있다. 대법원 기자단으로 활동하는 동안 다양한 법률들을 보면서 새로운 사실들을 배웠다. 이외에도 UCC 만들기, 대법원에서 개최되는 각종 행사에 참여하고 성실히 활동에 임했다.

활동을 마치고 수료식 때 시상식도 함께 거행되었다. 나는 최선을 다했으니 기자단 활동에 만족했다. 드디어 한명 한명 임명장을 받고 최우수상을 발표했다. 최우수활동상 수상자로 내 이름이 불렸다. 내 이름이 호명되자 다른 사람들의 이목을 신경 쓸새 없이 웃음이 가시질 않았다. 성실함을 인정받은 것 같았고, 무엇으로도 표현하기 힘든 기분이 들었다.

대법원 기자단을 하면서 열정이 있으면 없던 잠재력도 나온다는 걸 알았고, 작은 성공 경험이 훗날의 자신감으로 연결된다는 것도 깨달았다.

실무관분들도 너무나 좋으셔서 유익한 말씀을 많이 해주셨다. 지금 생각해보면 좋은 사람들을 만나고, 열정을 쏟아부었던 아주 귀중한 추억이다.

독서의 중요성

단기간에 가장 크게 사람을 변화시킬 방법은 단연 독서이다. 마음만 먹으면 독서를 통해 주위에서 쉽게 접할 수 없는 사람의 인생을 볼 수 있고, 생각지도 못한 아이디어를 떠올릴 수 있다.

나는 짧은 시일 동안 동기부여가 필요했기 때문에 하루도 독서를 거르지 않았다. 먼저 늘 일어나자마자 성경 '잠언'을 읽었다. 그리고 하루의 일과를 시작할 때, 샤워한 후 또는 하기 전에 독서를 했다. 원래 일과를 시작하기 전에 하는 행동이 정착되면 자연스레 그 일을 쉽게 할 수 있다고 보았기 때문이다.

나 자신을 채찍질하고 싶을 때는 성공담을 담은 책을 보기도 했고, 생각하고 싶을 때는 데카르트, 칸트 등 서양 철학 도서를 읽기도 했다. 처음 환경과 국제관계에 관심가지게 된 것도 책을 통해서다. 전문 서적뿐만 아니라 훌쩍 떠나고 싶을 때는 여행에세이를, 영성을 채우고 싶을 때는 기독교 서적을, 사람에 대해 알고 싶을 때는 자서전이나 에세이를 읽는다. 아마 책이 아니었더라면 내가 속한 세계에만 관심이 국한되었을지 모른다.

어렸을 때는 책에 몰두하느라 엄마가 부르는 소리를 못들을 때가 많았는데, 성장하면서 학교공부에 치우치다 보니 독서를 멀리하게 되었다. 지금은 그때 독서를 더 많이 했더라면 조금 더 일찍 평안하고 풍부한 삶을 살 수 있지 않았을까 하는 생각이 들기도 한다.

다독가에 비하면 부족하지만 나는 매년 기본 백 권 독서를 목표로 한다. 하지만 해마다 변수가 있어서 백 권을 못 채울 때도 많다. 일본의 알려진 다독가 '다치바나 다카시'를 알고부터 내 독서량과 독서의 깊이가 부끄러워졌다. 다치바나 다카시는 '고양이 빌딩'을 지어 건물 모두를 책을 수용하는 공간으로 만들었다. 책 속에 파묻혀 의학, 법률, 철학 등 다양한 전문지식을 쌓고 글을 쓴다.

처음에 다치바나 다카시를 알고 독서의 중요성을 깨달게 된 계기는 대학 시절 이른바 '만권 교수님' 덕분이었다. 친구가 '법학방법론'이라는 수업을 듣게 되었는데, 교수님이 어쩐지 괴짜스럽다는 것이다. 호기심이 생겨서 그 수업에 들어가 봤다.

수업 내용의 대부분은 학생들에게 책 읽는 것을 강력히 추천하고 화이트보드 사용법, 한 장으로 모든 정보 정리하기 등이었다. 더 특이했던 것은 현장학습으로 자신의 집에 있는 만 권의 소장 도서를 보러 초대하겠다는 것이었다(물론 그 약속을 지키지는 못하셨지만).

나는 점점 신기한 교수님의 수업방식에 녹아 들어갔다. 갈수록 머리는 텅 비어가고 세상에 대한 줏대조차 없는 나 자신이 한심하다는 생각이 들 때 그 교수님을 만난 것이다. 수업을 듣고 난 뒤에는 독서에 대한 강한 열망이 생겼다. 지금 생각해보면 시기적절하게 독서에 대한 갈증을 채워주셔서 감사할 뿐이다.

▶ 다치바나 다카시의 서재

나는 그 당시 과외를 했는데, 과외해서 번 돈의 거의 모두를 책을 사는 데 썼다. 어떤 해는 옷 한 벌 산 적이 없었다. 그만큼 다른 데에 돈 쓰는 것이 아까웠다.

책을 살 때는 주로 네이버캐스트 '지식인의 서재'의 추천 책이나 책 속에 나오는 인용된 책을 참고해서 구매했다. 처음 독서를 할 때는 너무 오랜만이라 그런지 집중이 힘들었다. 필요한 공부가 아니었으므로 더 힘들었던 것 같다. 학생 때도 윤리 과목에 서양철학 파트가 가장 재밌었는데, 책을 읽을 때도 서양철학이 어렵지만 재밌었다. 고전을 읽으면 뇌가 트이는 느낌이 들었다.

독서를 하는 사람과 하지 않는 사람의 차이는 당장 나타나지 않는다. 독서를 한 사람이 모두 성공하지는 않지만 성공한 사람 중에 독서를 하지 않은 사람은 없다고 한다. 요즘은 빠른 방편으로 목표에 도달하는 것을 추구하지만, 결국 오래도록 살아남는 사람은 많은 양의 노력과 시간을 투자한 대기만성(大器晩成)형 인간이다.

▶ 다치바나 다카시의 '고양이 빌딩'

반면에 독서를 많이 하는 사람임에도 하지 않는 편이 나은 사람도 있는데, 편중된 분야만 골라 읽거나 반추하는 과정을 거치지 않는 사람이다. 자칫하다가는 세상에 대한 시각이 왜곡될 수 있으므로 골고루 읽어야 한다. 내가 엄청난 독서의 고수는 아니지만, 책이 나에게 가져다준 이득이 엄청나서 더 나은 사람이 되고 싶다면 일상에서 습관처럼 독서하는 것을 추천한다.

Part 02

•

더 넓은 세계로

영국에서 신세계를 경험하다

2012년, 사법부 행사 이후로 좀 더 넓은 세상을 보고 싶다는 생각을 마음에 품고 있었다. 그러던 어느 날인가부터 유럽에 대한 소망이 생겼다. 그동안 읽었던 책이나 가보지 못한 곳에 대한 동경 같은 것이었는지 모르겠지만 이번에 유럽을 경험하지 않으면 안 될 것만 같았다.

그 당시 내 주위에는 해외경험이 있는 사람이 드물었다. 주로 국내 자격고시를 준비한다든지 관련 직무에 취업하는 사람들이 많았기 때문에, 해외생활에 대한 정보를 구하는 데 한계가 있었다. 나는 인터넷을 뒤지면서 각종 정보들을 수집해 나갔다.

유럽에서 영어권 국가는 영국뿐이었다. 하지만 영국은 물가가 비싸기로 유명했다. 나는 집이 워낙 보수적이기도 했고 경제적인 문제도 있었기 때문에 부모님을 설득해야 했다. 2012년 초 새벽 세 시쯤 노란 옥스퍼드 지에 부모님께 편지를 쓰기 시작했다. 내가 철없이 생각될 수도 있지만, 영국에 가야 하는 이유와 어떤 방법으로든 꼭 갚겠다는 내용이 주였다. 총 세 장을 빽빽이 쓰고 다음 날 부모님께 그 편지를 전달해드렸다.

부모님은 처음에 그 편지를 보시고 나서 조금 충격을 받으신 듯 했다. 외국에는 관심도 없던 아이가 느닷없이 영국에 가야겠다는 생각이 이해되지 않으셨을 거다. 나도 양심이 있는지라 나만 생각하는 것 같아 죄송하기도 했고, 그랬기 때문에 영국에 가게 된다면 앞으로 꼭 잘 돼서 몇 배로 갚아야겠다는 다짐을 했다. 다행히 부모님께서는 고심 끝에 힘들지만 나를 지원해주시기로 하셨다. 정말 감사했고 어렵게 가는 만큼 어깨도 무거웠다.

우여곡절 끝에 영국에 갈 채비를 마쳤다. 그해 여름 방학이 시작하자마자 런던으로 날아갔다. 외국으로 여행은 가봤지만, 직접 그 문화 속에 스며드는 경험은 처음이었기 때문에, 떨렸지만 설렘이 더 컸다.

처음 런던 히드로 공항에 도착해서 미리 예약해 놓은 한인민박에 가는 언더그라운드(지하철의 영국식 명칭)를 탔다. 창밖으로 보이는 나무와 집들이 너무 예뻤다. 내가 진짜 런던에 있음을 실감하는 순간이었다. 옥스퍼드 거리에 들어서자마자 너무나 다양한 사람들이 섞여 있어 컬쳐쇼크를 받았다. 게다가 소매치기가 많다고 들었기 때문에 내 신경은 온통 가방을 수호해야 한다는 생각에 쏠려있었다. 가방을 앞에 싸매고 휴대폰 유심칩을 사고 교통카드 '오이스터'를 구매했다.

런던에 있는 동안 홈스테이에서 지내게 되어 주소에 적힌 집으로 찾아갔다. 처음에는 집주인인 매니 아주머니는 나를 경계하는 듯했다. 그렇게 무뚝뚝하던 '매니' 아주머니는 나중에 돌아올 때는 잊지 못할 사람이 되었다. 내가 갈 때는 안아주시면서 사랑하는 딸이라며 눈물을 내비치셨다. 사람 인연이라는 것은 참 신기하다.

처음 집에 도착해서 같은 집에서 생활하게 될 이준, 영어 이름으로는 안젤리나라는 대만 언니와 처음 인사를 나눴다. 나에게 필요한 것들을 물어보고 어려움이 있으면 자기에게 말해달라고 했다. 생활이 막막했는데 착한 하우스 메이트를 만나게 되어 안심되었다.

낯선 땅에서의 생활

영국에서 하루가 지나고 이틀이 지났다. 처음 하는 외국 생활이라 그런지 외로움이 밀려왔다. 그렇게 간절히 오고 싶었던 곳이었는데 도무지 적응되지 않았다. 일부러 한국인이 없는 어학원을 선택했었는데, 비영어권 유럽 학생들이 주로 영어를 배우면서 영국은 잠시 즐기러 오는 곳이었다. 그래서 그들도 동양인이 낯설 수밖에. 처음에 그들은 "코리아" 하면 북한이냐며 물었고 굉장히 낙후된 곳인 줄로만 알았다. 나는 피카딜리 서커스 등 중심지에 엘지, 삼성 등 우리나라 기업들의 로고가 크게 걸려있는 걸 보면서 뿌듯했는데, 심지어 외국인들은 그 기업들이 우리나라 기업인 줄도 몰랐다.

영국에 가기 전까지 나는 우리나라가 상당히 유명한 줄로만 알고 있었다. 만약 그때 외국에 가보지 못했다면 세계 속에서 우리나라가 중심이라는 생각이 자리 잡았을 것이다. 나는 우리나라를 포함한 아시아부터 체계적으로 알아나가고, 좀 더 세계에 알리고 싶어졌다.

2주 정도가 지나서야 적응이 되어갔다. 어학원에서는 자신의 나라를 소개하는 시간이 있었는데, 한국인이 없어서 나 혼자 소개를 했다. 한강 야경 사진과 K-POP, 김치 등 우리나라 심볼들을 총동원해서 소개했다. 친구들은 한강 야경 사진을 보고 “이게 너희 나라야? 멋있다!”라며 가장 많은 관심을 보였다.

나는 스페인, 스위스, 이탈리아, 대만 등 각국에서 온 친구들과 재밌는 시간을 보냈다. 영어로는 한계가 있었지만 공통으로 통하는 무언가가 있었기 때문에 재밌는 나날들을 보낼 수 있었다.

영국에 적응하고부터는 런던 시내를 신나게 돌아다녔다. 그 당시는 런던 올림픽 기간이었기 때문에 각종 행사가 많았다. 웸블리 경기장에 가서 우리나라 대 가봉의 축구 경기도 보고, 리젠트 파크에 가서 런던 시내를 보며 순간이 멈추기를 바라기도 했다. 또 영국은 테이트 모던, 영국박물관, 자연사박물관 등 문화생활을 즐길 수 있는 시설들이 대부분 무료라서 부담 없이 즐길 수 있다.

영국에 있으면서 예전에 했던, ‘외국에 굳이 가야 하나? 우리나라에서 영원히 있으면 되지’라는 생각은 점점 흐려졌다. 새로운 세계를 통해 견문을 넓혀가고 지향하는 바가 달라졌다. 또 내가 속한 이 나라를 더 사랑하게 되었다.

어느 날은 길을 걸어 집으로 향하는데 가게 주인으로 보이는 남자가 골프채를 들고 다른 사람을 두들겨 패고 있었다. 어떤 사람도 말리지 않았고 성이 잔뜩 난 그 남자는 계속 사람을 때렸다. 앞에서 벌어지고 있는 무서운 광경에 이방인인 나는 최대한 투명인간처럼 지나가려고 애썼다. 알고 보니 그 지역은 안전한 지역이 아니었고, 주민들조차 해가 지기 시작하면 나가지 않는 곳이었다. 집 안에 있으면 매일 사이렌 소리가 들렸고 한국이 굉장히 안전한 나라라는 것을 실감했다. 나는 영국 분위기가 너무나 좋았지만, 이렇듯 모든 나라는 장점이 있으면 단점도 있다는 것을 느꼈다.

짧았지만 영국에서의 나날들은 빡빡하게 살아 가물었던 나에게 한 줄기 소나기 같았다. 처음에는 책상 앞에서 영어공부를 한다고 했지만 낯선 곳에 왔으니 이곳을 꼭 겪어 봐야 한다던 하우스 메이트 안젤리나 언니와 매니 아줌마가 정말 고맙다. 또 이 시간이 아니었다면 내 손이 닿는 곳까지가 바운더리가 되어 좁은 시야로 평생 살아갔을 것이다. 책상보다는 온 몸으로 맞이하는 지식의 중요성을 느꼈다.

여전히 나는 런던이 그립다. 늘 그렇듯 추억은 시간에 비례하지 않는가보다.

모의 아시아연합총회 본선 진출, 새로운 분야에 도전하다

영국에 다녀온 뒤 나도 모르게 한국인, 또 아시아인에 대한 정체성이 생겼다. 처음 경험해 본 서양 문화였기에 그 속에서 겪은 하나하나의 사건이 나에게 더 크게 다가왔다.

그 이후로 모의 아시아연합총회를 주최한다고 한 공고를 보았다. 혼자만으로는 대회에 참가할 수 없고 2인 이상 구성된 팀이어야 했다. 주위에 국제분야에 관심 있는 사람이 없었기에, 한 카페에 팀원을 모집한다는 공고를 냈다. 여러 명에게 연락이 왔다. 모두 정치외교를 전공하거나 국제관계학을 하는 분들이었는데, 나는 남자보다는 여자를 선호했고, 나처럼 국제관계학과 동떨어진 분야가 아닌 사람을 찾고 있었다. 그러던 와중에 일본에서 대학교를 다니는 여자분에게 연락이 왔다. 국제관계학을 전공 중인 두 살 많은 언니였다. 나와 딱 맞는다는 생각이 들어 우리는 팀이 되었다.

본선에 진출하기 위해서는 짧은 기간 동안 아시아통합 방안에 대한 주제로 에세이를 써내야 했기 때문에 우리는 많은 양의 자료를 수집하고 크게 목차를 세운 뒤 세부방안을 고심했다.

처음으로 정치외교, 국제관계학과 나의 접점을 찾는 시간이었다. 이론적인 바탕은 전혀 모르고 있는 상태에서 우리만의 가설을 세워나갔다. 큰 뼈대는 '스마트그리드를 통한 아시아 공동체 수립'이었다. 사실 제러미 리프킨의 제3차 산업혁명을 보고 감명을 받아 산업혁명 뒤 뺏긴 아시아의 주권을 다시 찾자는 패기를 가지고 도전한 것이다. 의결 방식과 공동체 수립의 과정, 결과 등을 나름 체계적으로 정리하고 분석했다. 대략 일주일 정도 시간을 잡고 그 부분만 팠다. 책들을 읽고, 서치하고 논문을 읽고 그렇게 결과물이 탄생했다.

처음 본선 진출 연락을 받고 너무나 기뻤다. 짧은 시간이었지만 집중한 보람이 있었다. 1차 합격을 했으니, 앞으로 석 달 뒤 진행될 본선에서 발표해야 했다. 12월에 갈 싱가포르 인턴 준비와 병행해서 열심히 프레지 강의를 듣고 세부 내용을 보충해서 발표자료를 완성해 나갔다.

11월 초 1박 2일에 걸쳐서 대회가 진행되었다. 그곳의 학생들 대부분은 정치외교학과 학생들이었다. 전공한 학생 중에서도 이 분야에 대해 관심이 많고 성적이 우수한 학생들이 왔다는 걸 알고 두려움이 커졌다. 게다가 대회 진행 내내 다른 학생들의 발표를 보면서 내가 준비한 것이 얼마나 부족한지 깨닫고 마음이 다급해졌다. 그래서인지 대회 당시 도망가고 싶었던 적이 한두 번이 아니다.

드디어 우리 차례가 왔다. 처음에 머리가 하얘지는 것 같았다. 하지만 곧바로 정신 차리고 발표를 계속했다. 무사히 발표를 끝마치고 질의 응답 세션이 진행되었다. 아시아 공동체 수립에서 경제적인 문제에 대한 질의가 들어왔다. 나는 1997년 외환위기 당시 바트화 폭락은 달러의 영향을 받았고, 이에 따라 우리나라 또한 큰 타격을 입게 된 것을 예로 들어 아시아 공동체 논의의 필요성을 언급했다. 발표 준비부터 봐온 내용들이 많았지만, 계속 내 것으로 만들지 않아서인지 떠오르는 내용이 거의 없었다. 다행히 현장에서 발표 전에 자료들을 읽고 중요한 내용들을 숙지했기 때문에 질문들에 답을 할 수 있었다. 하지만 예상치 못했던 건 같이 준비했던 언니는 질문이 들어오자 머뭇거림으로 일관했던 것이다. 똑똑한 언니였지만 처음부터 본선 진출만을 목표로 하고 발표 내용만 외운 나머지, 다른 부분에 대해 준비하지는 못했던 것 같다. 그 부분이 아쉬웠지만, 도망가지 않고 발표가 끝났다는 사실이 너무 신이 났다.

우리는 결승에 진출하지는 못했다. 그렇지만 대단히 좋은 경험이었고, 단기간 집중해서 새로운 분야에 발을 담갔다는 것이 뿌듯했다. 반면에 뼈대가 되는 이론적 지식이 부족하니 설득력이 부족했다. 전문적인 지식이 곧 능력이라는 것을 깨달았다. 이 이후로 좀 더 깊은 공부가 필요하다는 생각을 했다. 실력과 경험이 갖추어진 인재가 진정한 인재라는 생각이 짙어졌다.

아시아의 허브, 싱가포르로 향하다

모의 아시아연합총회 준비를 하는 도중 학교에서 싱가포르 인턴십 공고가 났다. 그 당시 아시아에 대해 공부를 하고 있었기 때문에 관심이 가서 바로 지원을 했다. 어떤 일이라도 그곳을 직접 경험해봐야겠다는 심산이 컸다.

처음 서류통과에 이어 면접을 보았고, 며칠 뒤 싱가포르 인턴십 프로그램에 합격했다는 연락이 왔다.

사실 예전에 한 번 싱가포르 여행을 짧게 간 적이 있었는데, 너무 더워서 그랬는지 다시는 가지 않을 거라고 생각했던 곳을 다시 가게 된 것이 신기했다.

2012년 크리스마스 날.

나는 크리스마스를 제대로 보내본 적이 없어서 크리스마스를 비행기에서, 하늘에서 보낸다는 생각에 들떴었다. 무엇보다 특별한 크리스마스를 맞는 해였고 나에게는 선물과도 같은 기회였다.

싱가포르에 내리자마자 찌는 듯한 더위가 엄습했다. 입고 있었던 외투를 모두 벗어도 땀이 주르륵 흘렀다. 앞으로 각오를 단단히 해야겠다고 생각했다.

창이 공항에서 내려 약 한 시간 뒤에 도착한 곳은 아주 어두침침한 숙소였다. 숙소에 내려 주위의 방들을 들여다 보니, 3층 침대가 두 개씩 있고 철제 침대에는 다닥다닥 빨래들이 널려있었다. 공용 주방의 가스레인지는 카레 국물로 얼룩져 있었다. 인도인 노동자들이 자주 이용하는 것 같았다. 방 밖에는 도마뱀들이 진을 치고 있었고, 주위는 어두컴컴했다.

나는 넷이서 공유하는 방을 쓰게 되었다. 방 안에 있는 화장실은 반투명한 유리로 되어있었다. 싱가포르의 주거 비용이 비싸서 가장 저렴한 곳에 살게 되었다. 이런 곳에서 생활해 보는 것은 처음이었기 때문에 조금 걱정이 앞섰다.

어떤 친구는 생각보다 열악한 환경에 두려움이 앞서서인지 갑자기 나가서 구토하고 돌아왔다. 나도 걱정이 되었지만, 그 친구가 걱정되어서 위장 경혈을 지압해주면서 괜찮을 거라고 위로해줬다. 그 위로가 나중엔 결국 나에게 필요한 것이 되어버렸지만….

다음 날 아침이 되자 싱가포르의 해는 쨍쨍했다. 아침에는 인턴십이 확정될 동안 필요한 교육을 받고 그 외의 시간에는 곳곳을 돌아다녔다.

다행히 처음에 걱정했던 것과는 달리 도마뱀이 기어 다니는 숙소, 음식들이 얼룩진 주방에 금방 적응했다.

나는 무역회사에 배정되었다. 사는 숙소에서 약 한 시간 반 거리였다. 다행히도 회사에서 가까운 숙소로 옮길 수 있었기 때문에, 혼자 이사하기로 결정했다. 이사한 뒤 혼자 살아야 한다는 막막함이 있었다. 매일 네 시에는 힌두교도들의 기도 소리가 울려 퍼지고 예민한 나는 잠을 이루지 못했다. 무역회사에서는 선박 업무를 주로 했는데, 사무실은 작지만 큰 액수의 무역 건들을 처리했다. 옛날처럼 실크로드를 건너 직접 물품을 교환하지 않고, 작은 사무실 안에서 큰 돈이 오고 가는 세상이 신기했다.

애초에 아시아를 조금 더 구체적으로 경험하고 싶어서 인턴십을 신청한 것이기 때문에 인턴십 업무 자체에는 흥미가 가지 않았다. 대신 내가 조금 더 거시적인 일을 하고 싶다는 것을 깨달았다. 흥미가 가지 않더라도 이렇게 한 걸음 한 걸음 내디딜 때마다 무언가를 느끼는 게 큰 소득인 것 같다.

싱가포르의 문화

싱가포르 지하철에서는 물을 절대 마실 수가 없다. 어떤 아주머니가 기침이 심해서 물을 마시다가 경찰에 잡혀간 경우도 있었다고 한다. 싱가포르는 치안이 굉장히 좋다. 어느 날 친구들과 반바지를 입고 버스를 탔는데, 남자분들이 가는 내내 시선을 돌리고 있었다. 싱가포르에서는 성추행이나 성폭력 등의 범죄에 아주 엄격하기 때문이다. 보통 태형으로 처벌한다고 하니 얼마나 형량이 센지 알 수 있었다. 한편으론 우리나라도 그런 양형 기준이 적용되었으면 하고 바랬다.

싱가포르에선 보통 쇼핑몰이 문화생활의 메카라고 한다. 그래서 곳곳에 쇼핑몰들이 있고, 그 곳에 음식점들과 카페, 상점 등이 밀집해 있어 가족이나 친구들의 휴식 장소로 이용된다. 싱가포르에 관광지로 유명한 곳은 오차드로드, 클락키, 마리나베

이몰, 센토사 섬 등이 있다. 싱가포르는 작은 나라기 때문에 적은 시간을 들여 모두 돌아볼 수 있다.

2012년 12월 31일 자정에는 친구들과 싱가포르 중심가로 나갔다. 마리나베이 호텔이 보이는 곳에서 새해를 맞이했다. 그동안 새해 자정에는 집에만 있었는데, 기분이 새로웠다. 내 미래를 위해 무언가를 준비하면서도 이런 기분을 만끽할 수 있다는 것이 감사하게 느껴졌다.

싱가포르에서의 일정은 금방 끝이 났다. 한 달이 채 안 되는 기간 동안 무엇이 나와 맞지 않는지를 캐치했고, 꿈에 대해 조금 더 숙고해 봐야겠다고 느꼈다. 2012년이 지나고, 2013년이 되어 나는 한층 더 발전하겠다고 다짐했다.

우리나라 입법부, 국회를 경험하다

사실 나는 정치적 색깔이 없다. 그렇다고 정치적 회의주의자는 아니지만, 우리나라가 좋아질 수 있는 정책이라면 이데올로기를 떠나 받아들일 자세가 되어 있고, 많은 사람들이 그러길 바라고 있다.

2013년 어느 날부터인가 우리나라 정치 세계에 대한 관심이 생기기 시작했다. 내가 사는 이 나라의 법을 만들고 중대한 일들을 처리하는 곳이 어떤지 궁금했다. 그때부터 작은 일을 하더라도 입법부를 경험해보고 싶다는 생각이 들었다.

운이 좋게도 그 당시 보좌관 관련 과정을 마친 뒤 인턴십을 할 수 있는 프로그램 공고가 떴다. 나는 그 프로그램에 지원해서 열심히 아카데미 과정에 임했다. 입법 과정과 국회의원의 전반적인 업무사항, 보좌진에 대한 강의를 듣고 국회의원실 인턴을 하게 되었다. 인턴을 하는 데는 본적이나 출신지가 중요한 것 같았다. 내 의지와는 별개로 어떤 의원실에 들어가게 되었다. 그 당시에는 NLL 사건이 한창일 때였기 때문에 국정이 상당히 혼란스러웠다.

의원실에는 많은 사람들이 찾아왔는데, 평소라면 보기 힘든 사람들이 많았다. 사회적 위치를 지키고 있는 사람들이 의원과 의원실 인턴에게까지 잘하려는 모습을 보면서 권력구조의 위대함을 느끼기도 했다.

정치인과
우리나라의 현재

처음 인턴십을 시작하고 얼마 지나지 않아 의원실에 행사가 있었다. 의원들은 자신의 지역구 사람들을 초대해서 국회의원으로서 어떤 일을 하고 있으며, 지역구와 관련해 앞으로 할 일을 가지고 자기 자신을 홍보해야 한다. 그 날은 소속구 시민들에게 준비한 프리젠테이션을 하기로 되어 있었다. 그런데 의원이 자료를 체크할 때, 이미 준비되어 있던 프리젠테이션의 동영상이 잘못되어 있었다. 보좌관은 얼굴이 빨개지도록 혼이 났다.

행사 시작이 코 앞이었다. 보좌관이 동영상을 다룰 줄 모른다고 해서 내가 급하게 수정하고 행사 현장을 지켜봤다. 나중에 그 보좌관은 행사가 끝나고 나에게 뭘 해도 성공할 거라면서 고마워했다. 나에겐 어려운 일이 아니었지만, 그런 칭찬을 들으니 뿌듯했다.

행사가 시작되자 의원은 시종일관 특정 의원을 타도하는 네거티브 방식의 발표를 했다. 실질적으로 국정에 기여한 일보다 목소리 높여 다른 의원을 깎아내리는 걸 보면서 어리둥절했다.

인턴의 끝 무렵에는 비서가 일주일 동안 휴가를 가게 되어서, 내가 대신 커피를 타고 손님 접대하는 일 등을 해야 했다. 아침마다 신문을 가지런히 놓고 커피를 타드리는 일 등을 했다. 그 의원은 “커피 좀 타와”, “나가” 등 무시하는 말투로 일관했다. 원래 보좌진들이 잘 못하면 재떨이를 던지거나 욕을 하는 의원도 있다고 하는데 이 정도면 약과려니 하고 마음을 다독였다. 그리고 훗날 사회적 성취를 하든 안 하든 그런 사람은 되지 말아야겠다고 반면교사 삼았다.

우리나라 사람들은 정치에 대해 얘기하면 부정적으로 반응하는 경우가 많다. 하지만 그런데는 어느 정도 이유가 있다고 생각한다. 과연 정치란 무엇인가? 본래 국회의원이란 국민을 대신해 좋은 국가를 만들어나가는 직업이어야 한다고 생각해왔다. 그런데 첫 시작부터 그것은 나의 순진한 착각이었음을 깨닫게 되었다. 정가에서는 무조건 미디어에 노출되는 것이 좋다고 여긴다. 미디어의 권력은 실로 엄청나다. 부패나 스캔들 문제로 인한 기사라도 무조건 나고 보는 게 좋다는 것이다. 그래야 직업적 '명성'을 얻을 수 있고, 재선에 성공할 수 있다는 것이다. 모두 그렇다고 할 수는 없지만, 보좌관들 또한 국회의원이 재선에 성공하지 못하면 다른 의원실에 새로 자리를 구해야 해서, 국회의원이 재선에 성공해야 자신도 잘될 수 있다는 마음가짐으로 일한다.

국회에서 멀리 떨어져 있는 요즘, 그 의원이 뉴스에 나올 때면 국민 정서로는 이해하기 힘든 좋지 않은 말을 했다는 내용이 주를 이룬다. 물론 진정 나라를 사랑하는 위정자도 있겠지만, 국정을 이끌어 나가는 사람이라면 지연이나 정치적 성향을 떠나 개인의 직업적 자질로 판단 받아야 하는 것이 아닌가 하는 생각이 든다. 정관정요에는 '하루아침에 세워진 나라의 군주는 이기심을 다룰 줄 모른다. 옳은 소리를 듣지 못하며 자신의 이익만을 추구하다가 하루아침에 패망한다'고 나와 있다. 진정 나라를 사랑하고 국민을 생각하는 정치인들이 많아졌으면 한다.

인턴을 하면서 생각과는 다른 현실을 마주해야 했다. 국회에서의 경험은 정치에 대한 호기심이 현실에 대한 깨달음으로 바뀌어 갔던 아주 귀중한 경험이었다.

EU 의회, 브뤼셀로 향하다

처음 브뤼셀에 도착했을 때 받은 느낌은 '어딜 가나 공항에서 시내로 가는 느낌은 비슷하구나'였다. 택시에서 내려서 앞으로 묵을 숙소 앞에 도착했을 때, 처음으로 유럽에서 온전히 혼자 지낸다는 생각에 들떠서인지 앞으로 생활에는 별걱정이 되지 않았다. 나는 재단의 도움으로 숙소를 구하고 소정의 생활비를 지원받아서 인턴십을 할 수 있었다. 그래서 더더욱 걱정이 덜했다.

숙소 앞에서 도어벨을 누르니 주인이 나와서 나에게 방을 알려주고 시설들을 소개해주었다. 나는 방에 짐을 풀고 바로 밖에 나가서 주위에 뭐가 있는지 살펴보았다. 숙소 바로 앞에는 Leopard 공원이 있었고, 호수를 낀 공원을 가로질러 조금만 올라가면 EU 의회가 있었다. 레오파드 공원에는 우리나라에서 볼 수 없는 여러 종류의 개를 데리고 산책하는 사람들이 많았다. 이렇게 주위를 산책하거나 장보는 등 일상생활을 하는 사람들을 봤을 때 '아, 내가 진짜 여기에 있구나'라고 느꼈다.

첫날에는 핸드폰 유심칩을 구하고 식량도 많이 사놔야 했기 때문에 구경은 거기까지 하고 먼저 유심칩을 사러 나섰다. 벨기에의 집들은 다 비슷비슷하게 생겨서 길을 찾기가 쉽지 않았다. 다행히 도착한 하루 동안은 데이터 무제한 로밍을 신청해놔서 구글맵을 이용할 수 있었지만, 길치인 나에게는 이마저도 어려웠다. 한 시간 정도 골목골목을 헤매다가 왔던 곳을 몇 번씩 발견하고는 택시를 탔다. 그랬더니 단 1분 만에 핸드폰 가게에 도착하는 것이 아닌가? 그래도 해가 거의 질 무렵 전에 도착해서 안도하고 새로운 번호로 벨기에 전화를 개통했다.

나중에 의회 건물 바로 근처 지하철역에서 테러가 발생했다는 뉴스를 봤다. 하지만 당시 벨기에의 치안은 다른 곳에 비해서는 그리 나쁜 편은 아니었다. 그렇지만 처음에는 아무것도 몰랐기 때문에 완전히 어두컴컴해지기 전에 집에 들어가 휴식을 취했다. 그렇게 벨기에에서의 첫날이 지나갔다.

처음으로
EU 의회에 입성하다

EU 의회 건물은 은색으로 반사되는 아주 예쁘고도 웅장한 외관을 가지고 있다. 날씨마다 해가 뜨고 질 때마다 분위기가 달라져 더욱 아름다웠다.

첫날 레오파드 공원을 가로질러 5분 거리에 있는 유럽의회건물에 들어가자마자 있는 안내 데스크에서 의원실로 전화를 걸었다. 몇분 후, 아주 밝은 보좌관 한 분이 내려와 본인은 의원실의 두 명의 보좌관 중의 한 명이라고 소개했다. 마사는 체코인이었는데, 영어뿐만 아니라 독일에 오래 살아서 독일어에 아주 능숙했다.

EU 의회 로비에서 내부로 들어갈 때 사실 두려움 같은 걸 느꼈다. 그 당시에 NSA 도청 사건이 있어서 EU 국가들은 안보문제에 특별히 신경 쓰고 있었다. 건물 내부에서는 보안관들이 한 층 더 강화된 보안검색을 했고, 외부에서 온 사람에게는 더 엄격한 보안검색을 했다. 뉴스에서만 보던 사이버 안보 문제가 실질적으로 피부에 와 닿았다. 검색대에 가방과 짐들을 올려놓고 조금 긴장된 마음으로 첫 관문을 통과했다.

검색대를 통과하자, 마사는 본격적으로 유럽의회 내부를 소개해 주었다.

3층 로비에는 BBC 등 외신기자들이 중계할 수 있는 공간이 마련되어 있었고, 각 의원실의 사서함이 있었다. 조금 더 들어가면 '미키마우스바'가 있었는데, 테이블 모양이 미키마우스여서 붙여진 이름이다. 미팅장소이기도 하고 직원들의 휴식 장소이기도 하다. 나는 가끔 이곳에 들러 맛있는 샐러드들과 샌드위치, 커피 등 간단한 요기를 할 수 있었다. 조금 더 옆으로 가면 다른 건물로 연결되는 브릿지가 있다. 보통 위원회가 열릴 때 이곳을 통해 넘어가서 참관했다.

EU의 위원회는 굉장히 다양한 이슈를 포괄하고 있다. 환경, 공공보건, 식품안전 위원회(Environment, Public Health and Food Safety Committee)에 소속되어 있었는데, 나중에 환경에 관심을 가지게 되고부터 이 회의에 참석해 본 것이 얼마나 많은 의미가 있었는지 깨달았다.

빌딩을 둘러보고 15층에 있는 의원실로 향했다. 엘리베이터 층수가 올라갈 때마다 사람들이 조용해졌다. 순서대로 아래쪽에는 열정적인 나라 스페인부터 늘 얘깃거리가 많은 프랑스, 제일 위층은 상대적으로 가장 조용한 독일 의원실이 있어 그런 것 같았다. 유럽 문화의 다양성이 엘리베이터에서 드러났다.

처음 의원실에 도착하자마자 토비아스라는 또 다른 보좌관과 인사했다. 카스틀러 의원의 오른팔 격으로 실무를 담당했다. 그 다음 카스틀러 의원에게 인사를 했는데, 아주 친절히 반겨주었다. 집은 어떻게 구했고, 벨기에로의 여정이 어땠는지 물어보고 앞으로 잘 지내보자고 했다. 인상이 참 좋았다. 그 다음 마사는 나를 다른 의원실에 인사시켜 주었다. 보라색과 회색을 섞어놓은 색감의 복도에 의원실들이 있었다.

한 보좌관은 사무실 벽면에 우리나라 포스터를 큼지막히 붙여놨다. 동생 아내가 한국인이라며 너무나 반갑다고 했다. 나도 이런 곳에서 한국인을 사랑하는 사람을 만나니 정말 반가웠다. 또 한국인으로서 갖기 힘든 기회를 가지게 된 것이 감사했다.

다른 의원실을 돌면서 인턴들과 보좌관들이 환영해주었다. 불가리아인 일리아나를 제외하고 대부분의 인턴들은 독일인이었다. 이렇게 인사를 마치고 다시 사무실로 돌아왔다.

첫 날에 토비아스 보좌관이 '팔리아멘토리엄'이라는 곳이 있다며 가보라고 했다. 그곳에 가서 공부하면 전반적으로 유럽을 알 수 있다고 했다. 팔리아멘토리엄은 일반인들도 출입할 수 있다. 이곳에서는 유럽의 역사와 정치사, 현재 유럽의 상황 등을 시청각 자료들을 통해 자세히 볼 수 있다.

팔리아멘토리엄에 들어서서 보안검색대를 통과하고 나니 카페가 있고, 그곳을 지나니 각종 시청각 자료들이 있었다. 걸음을 옮기니 유럽연합의 역사를 보고 들을 수 있는 곳이 있었다. 다른 칸막이에는 직접 움직이면서 유럽의 정보들을 습득할 수 있는 시스템이 마련되어 있었다. 팔리아멘토리엄은 유럽을 모르는 사람들도 아주 쉽게 유럽에 친숙해지도록 만들어져 있다. 이곳에서 보고 들은 것이 처음 유럽을 이해하는 데 많은 도움이 되었다.

첫날의 간단한 일과가 끝나고 숙소에 돌아가는 길에 유럽의회 주변을 걸었다. 생각보다 훨씬 아름다운 도시였다. 도시마다 특성이 있는데, 나에게 브뤼셀은 포근하게 다가왔다.

본격적인 브뤼셀 생활

카스틀러 의원은 나에게 한국에서 USR(Union Social Responsibility)을 실천하고 있는 기업에 대한 책을 한 권 주면서 이에 대한 보고서를 쓰라고 했다. USR은 노조의 사회적 책임이라는 의미로, CSR(Corporate Social Responsibility)이라는 기업의 사회적 책임 이후에 등장한 개념이다.

독일의 정당은 기독교민주연합(CDU-Christian Democratic Union)과 기독교사회연합(CSU-Christian Social Union)이 주축을 이룬다. 참고로 독일의 총리 앙겔라 메르켈은 기독교민주연합 소속이다.

독일은 환경, 인권과 같은 대의적 문제에 많은 사회적 투자를 한다. '노조'라는 말 자체가 우리나라에서는 이데올로기적 시선으로 보일 수 있지만, 복지를 중시하는 독일에서는 이데올로기와는 먼 다소 평범한 단어이다.

카스틀러 의원은 CSU에 속해 있었는데, 우리나라와 달리 주요 정당의 의원이 노조에 관심이 있는 것이 신선하게 다가왔다. 나는 점심시간에 유럽의회 내의 카페나 미키마우스바에서 USR에 대한 보고서를 틈틈이 썼다. 그리고 토비아스가 카스틀러 의원이 속한 위원회인 환경, 공공보건, 식품안전 위원회에 참관한 뒤 보고서를 쓰라고 했기 때문에 위원회를 직접 참관했다. 위원회장을 감싸는 부분에는 다른 언어의 통역사가 배치된 방이 있었고, 그 앞에는 위원장과 의원들이 있었다. 의원들의 모국어가 다양하므로, 통역기 착용은 필수였다.

그 날에는 오염 물질의 선박 운송, 번식 가능 식물에 관한 법 등에 대한 초안을 가지고 회의했다. 각 의원들은 자국의 이익을 대변하고 자신의 의견을 어필하기 위해 발언했다. 대부분 부드럽게 발언했고, 28개국의 나라의 의원들이 서로 다른 의견을 내놓아도 의견 수렴하는 방식이 성숙해 보였다. 어떤 의원은 자국의 언어로 공격적으로 의견을 표출했는데, 의원장과 의원들이 웃음으로 넘기는 모습도 신선했다. 입법기관은 이해관계 대립의 장이라는 편견이 무색했다.

이 외에도 유럽의회 홈페이지(http://www.europarl.europa.eu/portal/en)에 가면 실시간 위원회 중계를 볼 수 있고, 의회에서 진행 중인 의제들을 볼 수 있다. 나는 되도록 다른 위원회에 참관하려 했고, 위원회가 열리지 않는 때에도 홈페이지를 통해 이슈를 익히려 노력했다.

한-브뤼셀 포럼

브뤼셀에는 EU 이사회, 집행위원회, 의회가 모여있다. EU에서 가장 중요한 기관들이라 할 수 있다. 어느 날은 보좌관 토비아스가 한-브뤼셀 포럼이 열린다며 나에게 메일을 보내주었다. 아시아인들을 본 적이 없는 이곳에서 한국 사람들을 보는 것 자체가 즐거운 일이었기 때문에 당연히 참석해야겠다고 생각했다.

EU 집행위원회 건물에서는 매일 많은 포럼들이 열리는데, 하루는 당일 입구를 잘못 찾아 다른 포럼을 참관할 뻔 했다. 다행히도 결국 포럼이 개최되는 건물을 제대로 찾아 초대장에 명시된 장소로 향했다.

그곳에는 포럼 시작 전에 커피와 간단한 다과들을 먹을 수 있는 곳이 준비되어 있었다. 나는 제일 먼저 자리를 잡고 앉아서 오는 사람들을 구경했다. 어떤 한국 여성은 비즈니스에 대해 외국인과 대화를 나눴고, 다른 사람들은 서로 명함을 주고받았다.

그런데 낯익은 얼굴이 보였다. 예전에 모의 아시아연합총회 당시 심사위원을 하시던 교수님이었다. 청렴하고 프로페셔널한 교수님으로 기억에 남아있어 반가운 마음에 가서 인사드렸다. 작년 아시아연합총회에 참가했다고 말했더니, 상을 받았냐고 하셨다. 안타깝게도 상은 못 받았다고 하면서 이곳에서 뵈니 신기하다고 말씀드렸다. 이곳에서 인턴은 어떻게 했냐면서 나에게 좋은 기회라는 말과 함께 명함을 주고 가셨다. 역시 다른 곳에서 같은 한국 사람을 보아서 그런지 처음 생각했던 이미지와는 다른 느낌이었다. 그리고 다시 한 번 세상은 좁다는 것을 느꼈다.

포럼을 시작하고 어느 여성분이 사회를 보셨다. 손지애 아리랑TV 당시 사장(현재는 前 사장)이 영어로 진행하셨다. 차분한 진행이 인상 깊었다. 포럼 내내 발표하고 정리하고 질의를 이끄는 모습이 멋있어 보였다. 그 모습이 나에게 엄청난 자극이 되었다.

포럼 내용은 주로 한국과 유럽의 FTA 같은 경제 이슈에서부터, 외교관계까지 포괄적인 이슈를 다뤘다. 동아시아 속에서 우리나라의 역할과 EU와의 관계, 시베리아 횡단 열차에 관한 시나리오까지 아울렀다.

쉬는 시간이 되고 옆에 앉았던 한일중3국협력사무국(TCS)의 중국인 장무휘라는 직원과 명함을 주고받고 얘기를 나눴다. TCS는 서울에 있는 국제기구인데, 다른 국제기구들보다는 규모가 작지만 그만큼 더욱 많은 일을 경험할 수 있어서 좋다고 했다. 또 나의 EU에서의 생활이 궁금하다고 했다. 그리고 다른 사람들과 함께 중국과 한국의 특성에 대해서 얘기를 나눴다. 장무휘는 자신이 보기에 한국인들은 한국 중심적인 사고방식에 익숙한 것 같다고 했다. 사실 그 또한 중국인이 세상의 중심이라는 세계관을 가지고 있었지만, 나는 우리나라 사람들의 한국적 '자부심'도 부인할 수는 없었다.

외국에 가면 사람들이 북한에 대해서만 묻는다. 외신이 전하는 뉴스가 대부분 북한에 관련되고, 우리나라를 접할 기회가 없다 보니 그런 것 같다. 그래서인지 우리나라의 실제 모습은 우리나라 국민이 개인적으로 외국을 여행하거나, 외국인 친구들과 교류하면서 알려지는 경우가 많다. 왜곡되거나 편향된 우리나라의 이미지는 개개인이 바꿀 수 있다는 의미다.

국민 한 사람 한 사람이 외교관이라는 말이 정말 맞다. 우리 하나하나가 외국에서 한국에 대한 좋은 이미지를 심어주어야 하는 이유가 여기에 있다. 예전에 영국에서는 어떤 한국인이 카페에서 많은 사람들이 있는데 큰 소리로 다른 외국인을 욕하는 것을 들었다. 자기를 욕하는 건 외국어라도 다 알 터였다. 그 당시 얼마나 창피했는지 모른다. 우리나라에 대한 정보가 부족한 만큼 우리가 하는 행동 하나하나가 대한민국의 이미지에 더 많은 영향을 미친다는 것을 잊지 말아야 한다.

포럼은 똑똑한 사람들을 보고, 한국과 유럽에 대한 정보들을 흡수할 기회이기도 했지만, 다시 한 번 우리나라의 나아갈 길에 대해 생각하는 또 다른 기회이기도 했다. 나는 우리나라의 국제적인 위상을 높이는 데에 기여하고 싶다는 갈망이 더욱 커졌다.

7개 국어를 하는 친구, 일리아나

EU 의회에서는 다른 사람들과 어울릴 기회가 많이 없다. 팀 단위로 운영되는 다른 일터와는 달리 거의 의원실 사람들하고만 접촉하기 때문이다. 처음 마사가 소개해 준 인턴 중에 일리아나라는 친구가 있다. 그 친구는 불가리아에서 태어나서 독일에 거주하며, EU의 장학 프로그램인 에라스무스 프로그램의 장학생으로 영국과 파리, 이탈리아를 거치며 공부하고 있는 아주 똑똑한 학생이다. 일리아나는 EU 의회의 독일 의원실에 2년 정도 전부터 연락해서 인턴 자리를 얻었다고 했다. 유럽인들에게는 정말 경험하기 힘든 곳인데 기회를 얻었다며 뿌듯해 했다. 그 친구는 중국에 잠깐 살던 적이 있어서 아시아에 관심이 있었다. 특히 북한 문제에 관심을 보였다. 나는 우리나라와 북한의 관계에 대한 리포트를 보내주기도 했다.

일리아나에게는 특이한 점이 있었는데, 바로 유창한 언어 능력이었다. 프랑스어, 스페인어, 독일어, 중국어, 영어 등 7개국어를 했다. 나랑 말을 할 때면 영어를 하다가 갑자기 다른 언어랑 혼동해서 단어를 섞기도 했는데, 언어선택을 할 때 자주 이런 현상이 발생한다고 했다. 유럽은 국가들이 인접해 있어서 언어를 배울 수 있는 환경이 잘 조성된 편이다. 여러 언어를 한다는 것은 그만큼 세계관이 넓어지는 기회가 많다는 것인데, 그런 점이 정말 부러웠다.

일리아나는 예술도 좋아했는데, 자주 전시회에 간다고 했다. 프랑스 음식점에 가서는 프랑스 음식 문화를 나에게 가르쳐주기도 했다. 또 예술의 향이 넘치는 파리를 너무나도 사랑한다고 했다.

일리아나는 남자친구와 지내는 얘기, 독일과 영국에서의 살아가는 얘기 등 일상을 다 털어놓았다. 그런데 어느 날은 로비에서 울면서 내려가는 일리아나를 보고 걱정이 되었다. 일리아나에게 무슨 일이 있냐고 물어보니 남자친구와 헤어졌다고 했다. 나는 '그렇게 똑똑한 친구도 인간사를 피해갈 수 없구나'라는 상당히 비인간적인 생각을 했다. 그 당시 나는 성취 지향적인 사람으로, 연애는 사치라고 생각했기 때문이었다. 그렇게 일리아나와 나는 짧은 시간에 다양한 얘기를 하며 우정을 쌓았다. 내 인턴십이 끝나는 날에 일리아나는 선물을 바리바리 싸들고 프랑스 식당에서 밥을 사주며 다음에 다시 만날 것을 기약했다.

낯선 타지에 있는 나에게 평소에 연락을 자주 해주며 힘든 건 없냐고 물어봐줬던 일리아나가 정말 고마웠다. 일리아나는 향후 빈곤한 사람들을 위해 UN에서 일하는 것이 목표라고 했는데, 꼭 그 꿈이 이루어졌으면 좋겠다. 다른 사람을 진정으로 위하는 마음과 대의로 뭉친 열정을 가진 친구가 그런 일을 해야 한다고 생각한다.

어릴 때 EU가 완전한 통합을 이룰 수도 있다는 얘기를 들은 적이 있다. 그때는 내가 다른 나라에 혼자 있을 거란 상상조차 못 했는데, EU의 중심부에서 많은 것을 보고 느끼면서 다시 한 번 세상에 아무것도 우리가 알 수 있는 것은 없다는 걸 되새겼다. 브뤼셀에서의 나날들은 하루하루 꿈과 같았다. 하루하루가 갈수록 현실로 돌아가야 한다는 아쉬움이 점점 더 커졌다.

유럽의 중심지에서 유럽을 논의하다

부푼 마음을 안고 처음 마틴 카스틀러 의원실에 갔을 때 나는 조금 놀랐다. 이 전에 국회에서 인턴으로 있을 때는 각 의원당 보좌진이 아홉 명씩 구성되도록 규정되어 있었는데, 마틴 카스틀러 의원은 브뤼셀 본부에 두 명, 스트라스부르에 한 명의 보좌진을 두고 있었기 때문이다. 이뿐만 아니라 모두가 협력하여 의원의 업무를 '보좌'하는 국회와는 달리 유럽 의회는 전반적인 활동사항에 대해 의원(MEP)이 직접 작성하고, 처리하는 분위기였다. 이는 곧 업무의 수평적인 구조로 이어졌다. 상명하달식으로 운영되는 구조가 아니라, 업무가 철저히 구분되어 있어 본분만 다하면 되기 때문이다. 우리 오피스에는 토비아스와 마사가 있었다. 토비아스는 의원의 실질적인 일들을 맡았고, 마사는 주로 행정적인 업무를 처리했다.

내가 있던 당시는 EU에서 한참 재정적인 문제로 고심하던 때였다. 스트라스부르 주간(의원들이 스트라스부르에 있는 EU 의회에 모여 회의하는 기간)에 브뤼셀은 상대적으로 한가하다. 붐비던 로비에 사람도 적어지고 보좌진들의 업무도 다소 줄어든다.

바쁘던 나날들을 지나고 스트라스부르 주간이 되자 토비아스 보좌관이 유럽 의회 내 뷔페에서 점심을 사준다고 했다. 이날은 나에게 잊지 못할 날이 되었다. 이때다 싶어 이제 곧 구제금융의 종료를 앞둔 스페인, 그리스에 관해 궁금한 점을 이것저것 물어봤다. 나는 스페인이나 그리스의 재정 문제로 유럽연합국, 특히 상대적으로 경제적 덩치가 큰 독일이나 영국, 프랑스가 불만을 가지고 있다고 생각했다. 그들의 과실을 다른 유럽연합국이 떠안

▶ 의회 내 카페에서 보고서 준비를 하면서

▶ 스트라스부르 주간, 인적이 없을 때의 '미키마우스바'

가가 계속 신경을 쓴다면 서서히 해결될 것이라고 했다.

또한, 이 국가들의 부도위기로 인한 불평은 다른 측면에서 상쇄되었다. 공동 시장에서 독일이 이들 국가로부터 얻는 이익이 막대하고, 그러므로 서로 상생한다고 생각하기 때문이다. 이처럼 이 독일 보좌관은 유럽연합을 보는 시각이 굉장히 낙관적이었는데, EU 내의 가장 강력한 파워를 가진 독일조차도 그리스나 벨기에에 배울 것이 많다고 했다. 이렇게 긍정적인 상호작용을 통한 EU의 성장은 언젠가 유럽연합을 진정한 하나의 연합체로 거듭나게 해줄 것이라 믿었다. 물론 토비아스의 개인적인 의견이었지만 내가 생각했던 답변의 방향과는 달라 놀랐고, 독일은 큰 그림을 볼 수 있는 나라라는 것을 느꼈다. 큰 그림을 볼 수 있는 나라들이 모였기 때문에 EU가 만들어졌다는 것도 깨달았다. 또한, 법학도로서 궁금했던 유럽 헌법에 대해서도 물어봤는데, 토비아스는 유럽이 헌법 비준에 실패한 원인에 대해서도 차분히 설명해줬다.

유럽연합은 리스본 조약이 최상위 규범으로 있지만, 아직 헌법이 없다. 헌법은 모든 법 위의 최상위법이기 때문에, 국가의 기반이 되는 기둥이라고 할 수 있다. 만약 헌법이 없다면 많은 이슈에 법적 구속력을 부여하기 힘들고, 이에 따라 유럽의회 역할에 중요성을 부여하기는 힘들지 않을까 하는 생각이 들었다. 또 진정한 연합체로 거듭나기는 어려울 것으로 생각했다.

▶ 브뤼셀 경관

▶ 팔리아멘토리엄의 다양한 시청각 자료들

▶ 팔리아멘토리엄의 다양한 시청각 자료들

▶ 마지막 날, EU 의회 1층 로비에서

▶ EU 팔리아멘토리엄 ‘Parliamentorium’ 입구

▶ EU 의회 인턴 마지막 날, 일리아나 ▶ 마틴 카스틀러 의원과 함께

▶ EU 의회 모습

▶ EU Committee

▶ 한-브뤼셀 포럼 현장

이에 대해 토비아스는 헌법이 있기까지는 많은 시간이 걸릴 것이라 예상했다.

우리는 시간이 가는 줄도 모르고 대화했다. 이렇게 호기심 어린 질문들에 일일이 답변해주고, 같이 고민해준 토비아스와의 점심이 참 기억에 남는다.

유럽의회 인턴십을 하면서 카스틀러 의원, 보좌진들과 주마케도니아 공관에서 열린 파티를 가 보며 절제된 자유를 만끽했고, 타이밍이 맞아떨어져 한-EU 포럼에 참가하여 한국 리더들의 활약을 보면서 기분 좋은 자극을 받기도 했다.

여러 가지 배울 점들이 많았지만, 그중에서도 EU를 통해 우리나라를 비춰볼 수 있었던 것이 인턴십 기간 중 가장 커다란 소득이었다.

나는 개인적으로 우리나라의 잠재력과 실행력에 대해 자부심을 가지고 있다. 우리나라처럼 경제적으로 급격히 성장한 이례는 세계에서 찾아보기 힘들다. 더 나아가 세계 곳곳에 우리나라 대기업의 간판들이 중심에 우뚝 서 있는 것을 볼 때면 한국인으로서 자랑스럽다.

그러나 나는 우리나라는 비가시적인 것들이 가시적인 것들,

즉 우리가 직접 체감할 수 있는 것들을 가로막고 있다는 생각을 해왔다. 예를 들어 정치적인 이데올로기나 외교적 갈등 등의 문제들이 무형적 에너지를 소비하기 때문에 진정 국민을 위해 써야 할 힘이 부족하다.

EU에서 인턴을 하면서 이러한 고민의 실타래들이 점차 풀려나갔다. 1952년 유럽석탄철강공동체에서 시작된 유럽연합은 좀 더 결집된 모습을 위해 여전히 고군분투 중이었다. 그 과정의 결산물인 숙성된 민주주의를 내 눈앞에서 보면서 느꼈던 희열은 말로 표현할 수 없었다. 그것은 인간의 본질에 대한 통찰과도 직결된다. EU가 초국가적인 기구를 설립하고 유지하면서 추구하는 최종적인 목표는 무엇인가? 그 모든 것을 아우르는 핵심은 모두가 인간으로서 잘 살아가기 위함이라 생각한다. 사람이 중심이 되지 않을 때 모든 것은 흩어진다. 나도 유럽 의회 인턴십을 통해 다시 한 번 우리나라뿐만 아니라 모든 사람을 위해 기여하는 사람이 되고 싶어졌다.

성공, 그 기준에 대한 단상

지금 우리나라에서는 영유아기 때부터 노력하지 않으면 좋은 기업에 가지 못한다는 생각이 팽배해 있다. 어렸을 때부터 과외를 받고 여러 학원에 다녀서 좋은 대학에 들어가고, 도서관에서 스펙 쌓기에 열을 올려서 '좋은' 직장에 가야 한다고 생각한다. 그런데 이제는 어렵게 들어간 명문대학교 학생도 소위 고연봉의 '좋은 직장'에 입사하는 확률이 점점 줄어들고 있다.

주관적인 생각이지만 이 시대에 뛰어난 성공 신화를 쓰고 성공을 유지해나가기는 정말 어렵다. 사람들이 주목할 만한 성공은 기존의 있던 것을 세상이 놀라도록 바꾸거나 새로운 것을 창조해내는 것을 의미하는데, 지금 사회는 기존의 것들에 적응하기에도 숨 가쁘기 때문이다.

아인슈타인은 성공한 사람이 되려고 하기보다 가치 있는 사람이 되려고 노력하라는 말을 남겼다. 공자는 수신제가치국평천하(修身齊家治國平天下 : 몸과 마음을 닦아 수양하고 집을 안정시키며 나라를 다스리고 천하를 평정한다는 뜻)라는 유명한 말을 남겼지만, 우리는 수신하지도 못할뿐더러 그러니 제가할 수 없고 치국과 평천하를 이루기 힘들어졌다. 한 사람 한 사람이 바로 서야 좋은 가정을 꾸리고 좋은 가정에서 살기 좋은 나라가 되며 결국엔 세상이 편해지는 법인데도 말이다. 내가 존경하는 이어령 선생님의 딸 故 이민아 씨도 아버지의 사랑에 목이 말라 연애로 사랑을 갈구하고 십 대 때부터 몰래 아버지의 술을 꺼내먹었다고 한다(『땅끝의 아이들』(이민아)). 이어령 선생님은 세상적인 성공을 거두었지만, 정작 가장 가까운 딸은 아버지의 사랑을 그리워했다. 세상적 성공을 거머쥠과 동시에 가장 가까운 사람들을 챙기는 게 얼마나 어려운 일인지 알 수 있다.

생계수단으로써의 직업과 목적이 있는 직업의식, 소명을 위한 직업의 차이는 어마어마하다. 에이브러햄 링컨은 “한 인간의 됨됨이를 정말 시험해 보려거든 그에게 권력을 줘보라”고 했다. 업을 생계수단으로 삼는 사람들은 권력을 가져도 넘어지기 쉽다. 내부의 목소리를 따르는 것보다 외부의 목적을 따르는 사람은 그만큼 자신의 외적인 것에 휘둘리기 때문이다. 자신의 소명에 따라 차근차근 실패와 성공을 반복해나가는 사람은 토대가 굳건해 흔들리지 않는다. 물론 인간이기에 흔들리는 일이 있어도 목적의식이 있기 때문에 금방 돌아온다.

많지는 않지만 적지도 않은 사람들을 만나면서 진짜 성공한 사람이란 어떤 사람인가에 대해 생각해 보게 되었다. 물질과 명예와 권력을 가져도 전혀 행복해 보이지 않는 사람도 있었고, 가진 것이 별로 없어도 마음만은 여유로운 사람도 있었다.

자기 자신에게 늘 관심을 가지고, 본인이 하고 싶은 일을 하는 사람은 어느 지점에 도달하더라도 성공했다고 생각하지 않는다. 반면에 특정 대상이나 지위를 목표로 두고 그것을 이룬 사람은 달성 뒤에 오는 허무함과 나태함에 욕심을 풀어줄 또 다른 목표를 찾아 나서기도 한다.

난 권력을 가진 사람이 무섭지 않다. 직위는 잠시뿐이기 때문이다. 직함을 떼고서는 아무도 인간임을 벗어날 수 없다. 때때로 자신이 가진 권력을 빌미로 '갑질'하는 사람들이 있다. 그런 사람들은 본인이 얼마나 근시안적인지 모르는 사람이다. 그런 사람이 많을수록 우리 사회는 후퇴한다. 삶의 혜안을 가진 사람들이 많아져야 상생하는 사회가 될 수 있다.

판단이란 얼마나 중요한지 모른다. 판단은 평소 생각하던 생각들을 바탕으로 행해지며, 그 생각들은 신념으로 직결된다. 우리는 하루에도 셀 수 없이 많은 선택을 하면서 산다. 의사결정이 큰 영향을 미치는 사람의 경우에는 하나하나의 선택이 나라를 좌지우지할 수도 있다. 올바른 판단을 하기 위해서는 소명의식과 대의적인 목표를 가지고 매일 노력해야 한다. 내가 잘 살고자 선택한 직업이 아니라, 내 주위 사람들과 우리나라, 더 나아가서는 세계에 진정 도움이 될 것인지를 생각해 보고 선택한 직업이라면 좌절하고 싶은 순간에도 쉽게 일어설 수 있을 것이다.

'눈에 띄는 복장으로 겉으로만 권위에 도전하기는 쉽지만, 신념을 기꺼이 행동으로 보이기는 어려운 법'(『블랙스완』, 나심 니콜라스 탈레브, 동녘사이언스)이다. 내가 생각하는 성공이란 어떤 대가가 주어지지 않아도 기꺼이 내가 행동으로 옮길 수 있는 일을 하는 것이다.

하지만 당장 하루하루 살기 힘들어서 이상적인 얘기로만 여겨진다. 우리에겐 외적 보상이 따르지 않아도 즐거운 일을 찾을 수 있는 공간이 너무나 비좁기 때문이다.

우리가 올바른 신념을 지니고 또 꿈을 실현할 환경이 넓어져 매일 즐거운 삶을 사는 사람들이 많아졌으면 한다. 꿈이 작더라도 진정한 소명을 가지고 매일을 살아가는 삶이 진짜 성공한 삶이 아닐까 한다.

Part 03

•

어둠의 터널 속에서

다시 막연해진 길, 본격적으로 찾아 나서다

벨기에에서 돌아와서 나는 거의 모든 에너지를 소진한 상태였다. 지금까지 추구하던 것과 나의 진로의 접점을 찾을 수 없어 허무함이 막 찾아오려던 참이었다.

2013년 12월 24일 크리스마스이브.

법학과 졸업 논문의 주제는 국제법과 관련되어 있었다. 논문심사를 받기 위해 학교에 갔어야 했는데 사정상 가지 못했다. 그래서 교수님께 상담도 받을 겸 약속을 잡고 한남동의 한 베이커리로 갔다. 그동안 진지하게 상담을 한 적이 없었지만, 그 당시 너무나 간절했던 마음이 터진 것처럼 교수님께 내 상황과 앞으로의 꿈, 그리고 지금까지 해왔던 것들을 마구 쏟아 놓았다.

교수님께서는 나에게 몇 가지 대안을 주셨다. 국내 법조계는 아닌 것 같다는 내 의견을 반영해 미국 법조인, 그리고 국제 관계 관련 연구소 부설 대학원을 추천해주셨다. 그동안 몰랐던 코스들을 듣고 나는 새로운 길을 찾은 듯한 느낌이 들었다. 아직 결정된 것이 아닐지라도 나에게 문이 열리는 것 같은 조그만 희망을 얻었다.

교수님과 헤어지면서 오는 길에 크리스마스이브의 선물을 받은 것 같아 기분이 너무 좋았다. 사실 20대의 크리스마스는 나에게 예수님의 탄생일 이외에는 아무것도 아닌, 그냥 다른 날과 똑같은 날이었지만 그 해는 더욱 특별하게 느껴졌다.

집에 와서 현실적인 방안들을 찾아보기 시작했다. 내가 지금까지 살면서 느낀 나의 강점과 약점, 그리고 나의 관심사, 맞지 않는 분야 등을 정리하면서 나는 좀 더 넓은 세상에서 국제적인 업무를 하고 싶고 시스템에 제약이 많은 업무와는 맞지 않다는 것을 깨달았다.

하지만 국제적인 업무 분야를 찾아보니 대부분 석사과정을 거쳐야 했다. 아무리 계약직에서 시작한다고 해도 석사는 필수적이었다. 여러 가지 선택지들을 고려하면서 '내가 과연 사기업에 가면 행복할 수 있을까?'도 생각해 보았지만 그건 아니었다. 물론 사기업도 들어가기 아주 힘들고 가서 보람있게 일할 수 있지만, 거시적인 환경에 담겨 있는 걸 좋아하는 나에게는 맞지 않는 것 같았다. 모든 것을 종합해 봤을 때 대학원에 진학하는 것이 유일한 방안이라는 결론이 났다.

이듬해에 대학원을 진학하는 것을 목표로 하고, 일단 모집 공고가 날 때까지 다른 경험을 하기로 했다. 마침 환경 관련 연구소에서 인턴 연구원을 모집한다는 공고를 보고 바로 지원했다. 국내에는 GGGI(Global Green Growth Institute)라는 국제기구가 있다. 그곳을 통해 알게 된 연구소였기 때문에 더욱더 일하고 싶은 마음이 들었다.

나는 나의 포부와 리서치 능력, 국제 업무에 대한 관심도를 강력하게 어필했다. 연구소는 처음이었기 때문에 어떤 일을 하는지 감이 잡히지 않았다. 하지만 이곳에 꼭 들어가야겠다는 소망이 생겼다.

면접에서는 국제경험과 개인적인 질문 등 여러 질문을 받았다. 붙는 것과는 별개로 좋은 마음을 가지고 집에 돌아갔다. 며칠 뒤 합격했다는 소식을 받았다. 대학교 졸업을 하고 공백 기간동안 암담한 상태였는데 합격 소식을 접하게 되어 정말 기뻤다.

연구소에서의 첫 일 주일은 내 생애 잊지 못할 일주일 중 하나였다. 연구소에 들어가고 삼일 뒤 팀의 상사가 저녁을 먹자고 했다. 평소에도 다가서기 어려운 분이셨기 때문에, 저녁을 먹는 것이 조금 걱정이 되었다.

한 부대찌개 전문점에 도착해서 저녁을 시켰다. 저녁을 시키자마자 갑자기 그분께서 내가 전문성이 없고 대체 가능한 인재는 얼마든 있다고 했다. 나는 어쩔 줄을 몰랐다. 할 수 있다는 자신감은 있지만, 현재의 내 능력에 대해서는 자신이 없었기 때문에 그런 말을 진지하게 받아들일 수밖에 없었다. 게다가 다짜고짜 그런 말을 들으니 난감하기 짝이 없었다. 연구소에는 세계 유수 대학 출신 연구진들이 많았다. 인턴 연구원들도 석사 출신이 많았다. 그랬기 때문에 처음에 들어가서 풀이 죽어있었는데 그런 얘기를 들으니 더 속이 상했다.

알고 보니 처음에 그분이 부서의 두 개의 팀 중 어느 곳에 가고 싶냐고 물어보셨을 때, 다른 곳을 선택했던 것이 화근이었다. 그분께서 맡고 있는 프로젝트에 인력이 필요했는데 내가 감히 다른 곳을 고집했으니 말이다. 지금까지 나는 어떤 환경에서도 적응력이 뛰어난 것이 장점이라고 생각해왔다. 그리고 노력의 대가가 바로바로 나타났기 때문에 성취욕에 젖어 자신에 대해 객관적 평가를 할 수 없었다. 그래서 참혹한 평가를 들으니 더 암담했던 것이다.

그 날은 집에 가는 길에 눈물이 났다. 나중에 보니 모든 사람에게 까칠하게 대하는 분이라 적이 많은 분이었지만, 그 당시에는 상처가 됐다. 하지만 지금 와서 생각하면 그분이 아니었다면 나를 되돌아보기까지 더 많은 시간이 걸리지 않았을까 하는 생각이 든다.

그 일이 있은 후 얼마 지나지 않아 마음을 회복하고 내가 하고 싶던 프로젝트에 투입되었다. 신재생에너지를 주 에너지로 하는 자립 섬 케이스를 조사했다. 처음에는 어떤 일을 하는지 살펴보았고, 갈수록 할 일이 많아졌다. 각종 행정처리에서부터 리서치까지 많은 일을 처리하게 되었다.

연구소에서는 다른 곳에서와는 달리 리서치에서부터 포럼 개최까지 폭넓은 일들을 했다. 포럼에서 영어로 사회를 보고 일을 훌륭하게 잘 해내는 여자연구원들을 보고 자극을 받고 결혼하더라도 내 일은 야무지게 해내는 멋진 여성이 되자는 결심도 했다.

처음에 포기하고 싶었지만 '조금 더 버텨보자'라는 생각으로 내가 할 수 있는 한 열심히 주어진 일을 계속했다. 시간이 지날수록 그곳에서 일하는 것이 즐거워졌고 좋은 사람들과 재밌게 일할 수 있다는 것이 감사하게 느껴졌다.

크고 작은 인턴을 하면서 많은 것을 느껴왔지만, 연구소에서의 인턴으로 있으면서 잊지 못할 나날들을 보냈다. 힘든 일도 있었고, 즐거운 일도 있었는데 지나고 보니 힘들었던 일이 더욱 가치 있게 느껴진다.

홍자성은 오래 엎드린 새가 높이 날고 빨리 핀 꽃이 먼저 진다고 했다. 그의 통찰력 있는 이 문구가 너무나도 마음에 와 닿았다. 연구소에서 있으면서 더욱더 실력과 마음을 갈고닦고 날아오를 날을 준비하는 사람이 되어야겠다고 마음 깊숙이 간직했다.

국제대학원을 준비하며

나는 국제대학원이란 게 있는지도 몰랐고, 입학하게 될 거란 것은 더더욱 몰랐다. 그런데 한 연구소에 정책대학원이 있다는 걸 교수님을 통해 들었고, 그곳에 낙방하면서 자연스레 국제대학원에 대해 알게 되었다. 국제대학원은 모든 대학교에 있지 않고, 수도권의 몇몇 대학교에 집중되어 있다.

국제대학원은 일반대학원이 아닌 전문대학원이기 때문에, 교수님과 직접 컨택하는 것보다 입학전형에 최선을 다하는 것이 중요하다. 또한, 다양한 경험과 포부가 더욱 중요한 곳이기 때문에 다양한 배경을 가진 사람이라면 더 적합하다. 지금까지의 내 경험과 배경에 가장 적합한 곳이라 판단했다. 국제적인 업무를 할 소양을 배양할 수 있고, 학문과 경험의 조합을 중요시하기 때문이다.

고려대학교는 서류전형을 통과해야 면접 기회가 주어지는 다른 국제대학원과는 달리 서류전형에 지원한 사람 모두가 면접을 본다. 보통 국제대학원 서류전형에서는 대학졸업증명서, 대학 성적증명서, 영어증명서, 자기소개서가 필요하고, 두 장 정도의 추천서가 필수인 곳도 있다.

국제대학원 입학에는 외국 대학교 입학과 마찬가지로, SOP(Statement Of Purpose)라는 자기소개서를 가장 중요하게 여긴다. SOP 작성을 위해 따로 학원 수강을 하거나 첨삭지도를 받는 학생들도 많다고 한다. 그만큼 입학에 가장 중요한 어필 요소이기 때문이다.

서류전형 준비를 무사히 끝내면 인터뷰 준비를 해야 한다. 국제대학원 수업은 모두 영어로 진행되기 때문에, 인터뷰도 당연히 영어로 진행된다. 국제대학원에 입학하려는 목적에서부터 지금까지의 경험, 그리고 현재 이슈가 되는 국제 사안에 이르기까지 포괄적으로 준비해야 한다.

서류전형에 필요한 모든 준비를 마치고 드디어 인터뷰 날짜가 다가왔다. 인터뷰 전에는 엄청나게 떨렸다. 이곳에 꼭 합격해야겠다는 소망이 있었고, 가족 모두 나를 위해 기도해주었다. 나도 역시 입학을 위해 간절히 기도했다. 예전 대학원 면접에서는 내가 생각해도 간절함이 묻어나오지 않았는데, 고려대학교 면접에서는 꼭 입학해야 한다는 마음이 보인 것 같다.

다른 곳과 마찬가지로 개인적인 경험과 SOP에 나온 내용 위주의 질문을 받고 국제 시사 질문을 받았다. 우리나라 남북한의 상황에 관한 질문을 받았을 때, 당시 이슈가 되던 팔레스타인 가자 지구에서 벌어진 이스라엘과 팔레스타인 하마스 무력 충돌과 대비시켰다.

국제정치와 외교 문제는 생각보다 훨씬 많은 이해관계가 얽혀 있다. 그래서 한 이슈를 다각도에서 고찰해 볼 수 있다. 인터뷰를 준비할 때도 다양한 각도에서 보는 연습을 했고, 국제 시사를 공부한 것이 도움됐다.

인터뷰가 끝나고 반드시 이곳에 입학하고 싶다는 말을 하자 교수님께서 "You did a good job"이라며 안심시켜 주셨다. 면접에서 "나중에 학교에서 봅시다"라고 하시고서는 불합격시키는 경우도 많다고 들었기 때문에, 칭찬을 단지 작은 희망의 불씨 정도로만 생각하려고 노력했다. 또 이전에 다른 대학원에 합격했다고 자만했다가 불합격했기 때문에, 결과가 어떻게 나오든 순응하기로 했다.

드디어 합격자 발표날이 되었다. 발표시간으로 공지되었던 세

시가 지났는데도 아무런 연락이 없었다. 정말 긴장되었다. 연락이 오지 않자 직접 전화를 걸었다. 입학담당자는 "이름이 어떻게 되죠?"라고 물었다. 전화하는 손에 땀이 났다. 내 이름을 말한 뒤 몇 초가 흐르고 "학생은 합격했네요. 축하합니다"라는 대답이 왔다. 그 순간 너무나 기뻤다. 감사하다고 말한 뒤 전화를 끊었다. 가장 먼저 간절한 소망을 주시고 이뤄주신 주님께 먼저 감사기도를 한 뒤 가족에게 합격 소식을 전했다. '네 시작은 미약하였으나 네 나중은 심히 창대하리라(욥기 8장 9절)'라는 성경 말씀이 생각났다. 가족은 내가 마음고생 한 것을 알기에 너무나 기쁜 마음으로 축하해주었다. 마치 꿈 같았다.

참고 : 국제대학원 홈페이지

서울대 국제대학원 http://gsis.snu.ac.kr/
고려대 국제대학원 http://gsis.korea.ac.kr/
연세대학교 국제대학원 http://gsis.yonsei.ac.kr/
서강대학교 국제대학원 http://gsis.sogang.ac.kr/
이화여자대학교 국제대학원 http://gsis.ewha.ac.kr/
중앙대학교 국제대학원 http://gsis.cau.ac.kr/
경희대학교 평화복지대학원 http://gip.khu.ac.kr/
한국외대 국제지역대학원 http://www.gsias.hufs.ac.kr/

국제대학원 생활

처음에 국제대학원에 입학하게 되어 정말 감사했다. 지금까지 관심을 가져온 분야와 활동한 것에 딱 맞는 곳이었기 때문이다. 입학하자마자 내가 하고 싶은 것을 할 수 있을 거란 기대에 부풀어 있었다.

국제대학원에는 전체의 반 정도가 외국인이고 그중에는 외국의 고위공무원, 정부지원 장학생 등 다양한 백그라운드를 가진 학생들이 많다. 또 그 반의반 이상은 외국 영주권자 또는 해외에서 학교를 나온 친구들이고 그 나머지가 토종 한국인이다.

처음 수업을 시작할 때 교수님이 각자의 백그라운드(대학교 학과)를 물어보곤 하시는데, 그때 보면 수십 명 중에 겹치는 과가 하나도 없을 때가 대부분이다. 특히 법학과에서 국제대학원을 온 경우는 거의 없었다.

내가 다니는 국제대학원에는 국제개발협력, 국제통상, 평화안보, 그리고 지역학 중 하나의 전공을 선택할 수 있다. 나는 국제개발협력을 선택했는데, 그동안 관심을 가져온 환경문제와 국제협력을 아우르는 전공이라고 판단했기 때문이다.

처음 들어갔을 때 운이 좋게 학교 내 EU 관련 장학금을 받았는데, 유럽에 대한 논문을 써야 했다. 유럽 국가들에 대해 심층적으로 알지는 못하지만, 관심이 있고 앞으로 공부하고자 하는 열정이 있었기 때문에 자연스럽게 유럽과 환경문제에 포커스를 맞추게 되었다.

국제대학원 수업 커리큘럼에는 대부분 발표와 에세이, 토론, 중간고사와 기말고사가 껴있다. 발표 능력은 필수고 영작 능력 또한 중요하다.

처음 입학해서 발표 준비를 하면서 굉장히 불안했다. 내가 과연 외국어로 발표를 잘해낼 수 있을지 걱정이 되었다. 그래서 스크립트를 작성해 외우고 또 외워서 자동으로 나오게끔 연습했다. 다행히 첫 발표는 팀 발표였기 때문에 한 명씩 돌아가면서 발표했다. 그렇게 연습하니 내 부분이 시작되자 긴장은커녕 어떻게 지났는지도 모르게 발표를 끝마쳤다. 나중에 발표할 때 느꼈지만, 이렇게 외우고 연습한 것과 그렇지 않은 발표의 질이 확연히 차이 난다는 것을 느꼈다. 당시 몸이 좋지 않았음에도 연습을 거듭했던 첫 발표를 통해 발표에 자신감이 생겼다.

학문의 깊이에 대하여 생각하다

경험에 포커스를 맞추던 나는 깊게 한 학문을 파고드는 것에 대한 회의가 들었다. 학문을 깊이 하려거든 경험이 학문의 반을 채운다고 믿었기 때문이다. 또 시몽 푸셰라는 철학자가 "의심하기와 믿기 사이에서 균형 잡힌 사고를 하는 것은 중요한데, 책을 통해서 지식을 흡수할 때도 자신의 경험에 근거한 사고를 하기 때문에 완전히 객관화된 해석이라 할 수 없다"라고 한 것처럼, 활자도 자신의 프레임 속에서 해석한다고 생각한다.

그런데 어느 날 교수님과 상담하는데, 세상 경험은 하지 말고 밤을 새워서라도 논문들을 읽고 또 읽어야 한다고 하시면서 실력이 없이는 누구도 나를 쓰지 않을 거라고 하셨다. 나는 학자가 될 것이 아니고서는 일을 잘하는 것과 머릿속 지식의 양은 비례하지 않는다고 생각한다. 그 생각은 변하지 않았지만, 일정 부분은 교수님의 말씀에 동의한다. 실력을 갈고닦은 후 세상에 나가야 한다.

미국 드라마 '마담 세크리터리'는 여성 국무부장관 엘리자베스의 애기다. 에피소드마다 여러 외교, 정치적 현안을 다루면서 해결하는 모습들을 자세하고도 통쾌하게 풀어나간다. 한 에피소드에서 깊이 아는 것의 중요성을 가슴 깊이 와 닿게 그려서 소개해본다.

어머니 엘리자베스는 미국 달튼 행정부의 국무장관이다. 그녀의 셋째 아들 제이슨은 자신이 보통의 삶을 살지 못하는 이유인 어머니를 못마땅해 한다. 그래서 부모님의 이해관계에서 벗어나 다가오는 대선에서 달튼의 경쟁후보인 레이놀즈를 지지하는 동영상을 찍기까지 한다. 엘리자베스와 남편 헨리는 아들의 표현의 자유를 존중하면서도 무조건적인 반항심에 그러는 건 아닌지 걱정한다.

어느 날 헨리는 제이슨에게 아들이 지지하는 레이놀즈 후보가 대통령이 되면 어떻게 될 것 같냐고 묻는다. 가령 레이놀즈가 대통령이 되면 이란에 대한 미국의 입장은 어떻게 되는지 아들의 생각은 어떠냐고 묻는다. 그러자 제이슨은 레이놀즈는 이에 대해 자기 결정을 할 수 있을 거라고 추상적인 대답을 한다. 아버지는 다시, 이란이 핵무기를 구입하겠다고 자기 결정을 하면 레이놀즈는 그렇게 놔둘 것이고 아들은 이에 지지할 것이냐고 묻는다. 제이슨은 자신의 입장은 모르겠다고 하면서, 말하고자 하는 게 뭐냐고 묻는다. 그러자 헨리가 "너는 지식의 폭은 1마일인데, 깊이는 1인치"라고 하면서, 그건 "허세꾼이고 어설픈 지식인"이라고 말한다. 누군가를 지지하려면 너 스스로 공부하든가 그의 편을 들 확실한 준비가 되어야 할 것이라고 한다. 제이슨은 이 말을 듣고 제 방으로 가버린다.

며칠 뒤에 헨리는 아들을 불러 제이슨은 생각과 언어에 엄청난 재능이 있다며 그건 대단한 힘이라고 칭찬한다. 그렇지만 진정으로 믿는 걸 위해 싸울 준비가 될 때까지는, 자신보다 큰 것을 찾을 때까지는 누구도 널 진지하게 생각하지 않을 거라며 그 힘은 의미가 없을 것이라고 한다.

제이슨은 의미를 깨달았을 것이다. 지금 삶에 대한 반항심으로 부모님의 경쟁 상대인 레이놀즈를 지지했지만, 그런 의도에서 나온 무조건적인 지지는 오래가지 못할 거란 것을.

우리는 원하는 게 뭔지도 모르면서 무언가를 좋아하고, 좋아한다고 말한다. 원한다는 것은 그것에 대해 깊이 알고 명과 암을 포용하겠다는 의지다. 하지만 우리는 그렇지 않다. 깊이 아는 것의 중요성은 여기에 있다. 전문지식은 깊이 있는 학설을 더욱 발전시키는 데 필요하고, 세상에 대한 전반적인 앎은 우리를 더욱 나은 선택을 하도록 이끈다. 지식을 올바로 사용하여 미디어나 여론이 이끄는 대로가 아닌, 우리 스스로 선택할 권리를 정정당당히 사용할 수 있는 것이다.

나도 국제대학원에서 느낀 회의감이 있지만, 세상을 객관적으로 보고 더 나은 선택을 하기 위해서는 깊이 있는 공부가 필요하다고 생각한다. 내가 속한 이곳과 더 큰 세상에 대한 공부와 전문 지식을 쌓아야 세상에 기여할 수 있는 사람이 될 수 있기 때문이다.

멈춰야 할 때

욕심이 많으면 괴롭다. 특히 꿈이 클수록 자신의 욕심과 꿈 사이의 괴리가 상당하므로 그 차이를 견디지 못할 때가 온다.

나는 욕망이 많았다. 한 번 목표로 하는 것이 생기면 꼭 얻어내야 했다. 이런 성향 덕분에 열심히 살기도 했지만, 힘들었던 일이 많다.

건강이 많이 무너져내렸다. 각종 검사를 해도 정상이라고 하니, 주위에서는 아프다고 하면 꾀병으로 여겼다. 정작 나 자신은 무언가를 하고 싶어 아픈 것이 싫었는데, 검사결과까지 정상이라고 나오니 황당하기 짝이 없었다.

보통 법학과는 시험 범위가 방대하다. 1,000여 페이지가 시험출제 범위인 적도 많았고, 내용을 숙지하여 자신의 것으로 만들지 않으면 시험을 봐도 교수님이 실력을 바로 파악하기 때문에 수박 겉핥기식으로 공부해서는 안 된다. 처음 학교에 입학하고는 설렁설렁 공부했지만, 갈수록 최선을 다하자는 생각이 커졌다. 학생의 당연한 본분을 나중에서야 깨우친 것이다.

그렇게 학교 공부를 하면서 영어공부, 모의 아시아연합총회 준비, 인턴 준비, 혹시 모를 로스쿨 준비를 병행하면서 해가 뜨고 잠이 들어 하루에 두세 시간 정도 자는 것이 일상이었다. 그렇게 잠을 조금 자더라도 나는 꼭 무언가를 해내야겠다는 생각에 엔도르핀 주사라도 맞은 듯 매일 말똥말똥했다.

그러던 어느 날 싱가포르 인턴십 오리엔테이션을 가는 도중 몸에 이상이 왔음을 느꼈다. 갑자기 버스에서 식은땀이 나고 속이 메스꺼웠다. 버스 안이 너무 답답했고 눈앞에 깜깜해졌다. 그때부터 제발 살려달라고 계속 기도를 했다. 너무나 급박했던 상황에 손이 모두 젖고 땀이 흘러내렸다. 시간이 흐르면서 다행히 나는 잠이 들어버렸다.

그때는 과도하게 피곤해서 그런가 보다 싶었다. 그런데 싱가포르 인턴십을 가고, 맞지 않는 환경에 스트레스를 받으면서 속이 안 좋고 어지럽고 답답한 상태가 자주 찾아왔다.

악화된 건강 때문에 한국에 조금 일찍 귀국하자마자 나는 녹다운이 됐다. 그동안 꽤 열심히 살았다고 생각했고 시간이 나는 날에는 무조건 체육공원에 가서 조깅을 하고 걷는 생활을 했기 때문에 내 건강에 무리가 온 것은 전적으로 피로 탓이라고 생각했다. 다행히도 건강에 크게 이상은 생기지 않았고, 무리한 일상을 회복한 뒤로 금방 몸이 나아졌다.

하지만 일 년여 뒤 대학원에 떨어지고 한꺼번에 다른 일들이 몰려오자 나는 아예 모든 것을 놓아 버려야 했다. 아침에 눈을 뜨면 위산이 확 번지는 듯한 느낌에 속이 쓰려 고통스러웠다. 또 산책하러 나가려고 하면 심장이 너무 뛰고 속이 안 좋아져 금방 돌아와야 했다. 어떤 때는 거동을 못 할 정도가 되어 하루 종일 침대에서만 생활해야 했다.

삶에 대한 새로운 시각을 갖다

처음 국제대학원에 입학하고 모든 것이 내 삶 같지 않았다. 몸이 아직 회복되지 않은 채로 학교에 다니려니 수업에 집중되지도 않을뿐더러, 인생의 목표가 무엇인지도 잊어버려 하루하루 표류하며 살아나갔다. 계속 내가 삶을 주도해나가는 것이 아니라, 삶에 끌려다니는 기분이었다. 바라던 국제대학원에 입학했지만, 무너진 건강이 회복되지 않아 한 학기를 간신히 다녔다. 그런 상태가 계속되자 그동안 공부하고, 나아가려고 계획하던 모든 것을 중지하고 처음으로 잠깐 멈추는 시간을 가졌다.

무엇을 아예 손에서 놓고 지낸 적은 오랜만이었다. 책을 읽으면 식은땀이 나고 아무것도 눈에 들어오지 않았다. 집중력 저하는 물론 어떤 것을 암기할 수도 없었다. 꼭 바보가 된 기분이었다. 내 힘으론 아무것도 할 수 없으니 성경에 나오는 욥처럼 내 모든 것을 빼앗긴 느낌이 들었다.

처음 국제대학 원장실 앞에서 면접을 기다리던 중 면접을 담당하는 재학생 분이 나에게 얘기를 해주신 적이 있다. 국제대학원 생활이 엄청 힘들다고 했다. 입학하는 것보다 국제대학원 생활이 훨씬 힘들어서 고생 중이라고 했다. 나는 그 당시에는 입학한 자체가 감사한 일인데 공부가 힘들다니 이해가 가지 않았다.

그런데 막상 국제대학원에서 수업을 듣다 보니 내가 예상하던 국제대학원 생활과는 다르게 흘러갔다. 그동안 해왔던 경험을 바탕으로 연구조교를 하기도 하고, 장학금을 받기도 했지만, 뚜렷한 방향이 잡혀 갈 것이란 희망도 곧 사라져 갔다. 몸도 마음도 지친 상태에서 새로운 환경에 스며들 수 없는 내가 마치 부적응자같이 여겨졌다. 그래서 한 학기를 마치고 휴학을 결심한 것이다. 적은 나이가 아니라며 많은 사람들이 만류했지만 나는 체력을 완전히 회복하고 내적으로 숙성하는 기간을 가져야만 자연스레 목표도 생기고 방향성이 잡힐 것 같았다.

그동안 살아오면서 느낀 점이 있다면 얼마나 빨리 가느냐보다는 어디로 가느냐가 훨씬 중요하다는 것이다. 대다수의 20대 청춘들은 주위 사람들처럼 빨리 직장을 갖고 사회생활을 하는 것을 가장 큰 목표로 삼는다. 하지만 1년이 지나고 3년, 10년이 지나면 방향에 포커스를 맞춰 산 사람과 속도에 목표를 두고 산 사람과의 차이는 너무도 분명하다. 나는 다행히 주위에서도 보고, 책을 통해서 일찍 그런 차이를 느꼈기 때문에 휴학 결정을 빨리 내릴 수 있었다.

휴학하는 동안에는 몇 년 만에 처음으로 아무것도 하지 않고 지냈다. 공부하려고 책상에 앉으면 몇십 분 뒤에 얼굴이 빨개지고 열이 났다. 그동안은 쉰다고 해도 무언가 붙들고라도 있을 수가 있었는데, 이제는 뇌를 사용하는 활동은 거의 하지 못했다. 시간도, 공간도 제자리였다. 눈을 뜨면 다시 밤이 오길 바랐고, 또 다시 눈을 뜨면 괴로운 나날이 계속되었다.

그러다가 『내려놓음』이라는 책을 읽게 되었다. 이 책을 읽으면서 내가 집착하고 있었던 것들, 대의적인 일을 하겠다고 했지만 진정 그 속마음은 결국 나를 향하고 있었던 욕심이란 것을 알게 되었다. 처음으로 솔직한 나를 마주한 것이다. 이때부터 급격하게 인생관이 바뀌기 시작했다. 오직 앞으로 나아가기만 하면 된다고 생각했던 나 자신이 부끄럽게 느껴졌고, 지나친 욕심 때문에 나를 혹사하며 조금의 여유도 주지 않았던 행동들이 옳지 않았음을 깨달았다.

육체적, 정신적으로는 정말 힘들었지만, 이상하게도 차차 이 시기가 소중해지기 시작했다. 나를 다시 되돌아볼 기회가 생긴 것이다. 그동안 앞만 보고 질주하던 나에게 온전히 나만을 생각할 시간이 주어졌다.

그렇게 솔직하게 나를 되돌아보면서 나는 정말 근시안적이고 나만 아는 이기적인 사람이었다는 것을 깨달았다. 주위 사람을 돌보려고 성공한다고 하면서도 속으로는 나를 위한 성취욕이 자리하고 있었음을, 또 내 힘으로 많은 것을 할 수 있다고 생각하는 아주 교만한 사람이었음을 깨달았다. 몰랐던 것들이 눈에 보이기 시작하면서 나의 지난날들을 회개하기 시작했다. 이렇게 부족한 나인 줄을 왜 몰랐을까. 왜 주위를 돌아보지 못하고 나만 생각했을까. 그동안 성공한 사람도 행복하지 않은 것을 보았으면서도 성취에 갈급한 내가 속물처럼 느껴지기도 했다.

그런 나 자신을 돌아보게 되면서 나는 마음을 회복하게 되었고, 어떤 것과도 바꿀 수 없는 잔잔한 행복이 찾아들었다. 지금까지 살면서 이렇게 잔잔한 행복을 느낀 것은 처음이었다.

사람이 자기 성찰을 하기는 쉽지만 진정 자기 자신을 마주하기는 어렵다. 현재 만족하는 삶을 사는 경우에는 더더욱 그렇다. 내가 무엇을 위해 살고 있는지, 지금 하는 것과 숨은 목적이 일치하는지, 혹시 정당화시키고 있지는 않은지 알기 위해서는 안타깝지만, 역경과 마주쳐야 한다. 자신의 그릇에 맞는 연단과정을 거쳐야 한다.

내가 마주한 역경은 절대적으로 보기에는 별것 아닐 수도 있다. 이 세상에는 우리가 상상하지 못하는 고통을 품고 살아가는 사람들이 아주 많음을 알고 있다. 하지만 각자의 용량에 합당한 고난이 찾아올 때 인생의 전환이 될 만한 깨달음을 얻을 수 있다면, 그 고난은 한 순간에 백만장자가 되는 것보다 훨씬 값지다. 아래 엘리자베스 퀴블러 로스의 『인생수업』에 나오는 말이 가슴 깊이 와 닿았다.

"상실은 우리에게 공허함과 무기력함, 분노, 슬픔, 두려움 등의 감정을 남깁니다. 불면증에 시달리거나 하루종일 잠만 자게 될 수도 있습니다. 식욕이 없어지기도 하고, 반대로 눈에 띄는 건 무엇이든 먹어 치우기도 합니다. 극단적인 감정을 오가거나, 그 사이의 감정 상태를 두루 거치기도 합니다. 이런 단계들을 거치는 것이 치유의 과정입니다.

분명하게 말할 수 있는 한 가지는 시간이 그 모든 것을 치유하리라는 사실입니다. 불행히도 치유의 과정이 언제나 직선적인 것은 아닙니다. 그래프의 상승 선처럼 빠르고 분명하게 회복되지는 않습니다. 오히려 치유의 과정은

롤러코스터를 타는 것과 같습니다. 온전히 자신을 회복해 가다가도 갑자기 절망의 나락으로 떨어지고, 역행하는 것 같다가 다시 앞으로 나아가기도 합니다. 그런가 하면 다시 시작점으로 돌아온 듯한 기분이 들 때도 있습니다. 이것이 바로 치유의 과정입니다. 결국, 당신은 치유될 것이며, 온전한 자신을 되찾게 될 것입니다. 잃어버린 것을 되찾지는 못하겠지만, 그 상처를 치유할 수는 있습니다. 그리고 여행의 어느 지점에 도달하면, 당신이 잃어버렸다고 슬퍼한 사람이나 사물이 결코 당신에게 소유된 적이 없었음을 깨닫게 될 것입니다. 또한, 한편으론 그것들을 다른 방식으로 영원히 소유하게 되리라는 것도 알게 될 것입니다."

- 엘리자베스 퀴블러 로스의 『인생수업』 중

나는 이렇게 연단을 통해 나는 다른 사람을 사랑하는 법을 길러갔다. 사람은 믿어야 할 존재가 아니라 사랑해야 할 존재라는 말을 책에서 보았을 때, 이 말을 마음에 새겨두었다.

사실 나는 사람을 볼 때 기쁠 때와 슬플 때 둘 다 곁에서 묵묵히 있어줄 수 있는 사람이 진정한 사람이라는 판단을 해왔다. 둘 중 하나의 상황에서 곁에 있어주는 것은 쉽지만, 내가 기쁘고 슬플 때 자기 일처럼 기뻐해 주고 슬퍼해 주는 사람은 생각보다 없기 때문이다. 그런데 다른 사람을 이렇게 판단하는 것조차 반성 되었다. 나조차도 불완전하면서, 다른 사람에게 완벽하고 한결같기를 기대하고 실망하기도 하는 이유는 나 자신을 잘 모르기 때문이다. 또 사랑이 부족한 탓이다.

다른 사람을 사랑의 대상으로 본다면 어떤 행동도 이해할 수 있고, 나는 그저 감싸주기만 하면 된다. '왜 이런 걸 지금에서야 알았을까'라는 생각을 하기도 했지만, 오히려 몸이 아프고 마음이 황폐해졌을 때에서야 이런 것을 생각할 여유가 생긴다는 아이러니를 알게 되었다.

지금 돌아보면 다시는 겪고 싶지 않은 나날들이다. 나 자신 하나 감당하지 못했을뿐더러 매일 아픈 것 때문에 가족과 주위 사람들에게 마치 내가 짐이 된 것 같아 참 힘들었고, 삶이 버거웠다. 하지만 이 시간을 통해 다른 사람의 마음을 따뜻하게 어루만지고 싶다는 꿈이 생겼고, 나를 옭아매는 욕심을 버렸다. 그 당시에는 힘들었지만 돌아보면 꼭 필요했던 그 시간을 버티고 현재 나는 살아왔던 날 중에 가장 행복한 삶을 살고 있다.

또 인간이 아무리 계획을 세워도 내 뜻대로 되기 힘들다는 것, 공부했어도 단기간에 바보가 될 수 있다는 걸 연속해서 겪으니 교만했던 내가 철저히 낮아졌다. 그 당시에는 인생의 목표도, 희망도 가질 수 없어서 힘들었지만 지금 생각하면 정말 값진 시간이었다. 머리로는 감사하는 일이 생겨도 시간이 지나면 잊어버리는 게 사람인데, 나는 이 시간을 통해 주위의 많은 것이 소중하고 감사하단 것을 마음 깊이 새겨놓았기 때문이다.

Part 04

•

다시 기지개를 켜다

송도에서 열린 UN 고위급 포럼

한때 외교관을 꿈꿨던 적이 있었다. '외교관' 하면 떠오르는 교양있고 국제적인 이미지가 나에겐 동경으로 다가왔다.

진로를 생각하면서 건강회복을 위해 최선을 다하는 와중에 송도에서 UN 개발협력 고위급 포럼이 개최된다는 공고를 보았다. 아직 국제기구에 대해 막연한 느낌만 있을 뿐, 직접 경험할 기회를 얻지 못했기 때문에 이 행사의 일원으로 참가해야겠다고 생각했다.

서류를 제출해 통과하고 난 뒤 외교부에서 면접을 보자고 연락이 왔다. 처음 가보는 외교부라 그런지 설레면서도 첫 느낌이 어떨지 궁금했다. 나는 첫 느낌에 따라 하고 싶은 욕망이 더 강해지기도 하고 시들기도 하기 때문에 처음이 참 중요했다.

광화문역에 내려서 인왕산이 보이는 곳으로 직진했다. 내가 광화문에 지나다닐 때마다 보던 큰 빌딩이 외교부 건물인지도 모른 채 살아왔다는 것이 새삼 신기했다. 외교부 건물은 광화문 바로 앞에 있는 높은 빌딩이다. 그곳에는 상주하는 외교부 직원들이 있고, 우리가 아는 외교관들이 업무를 본다.

의외로 건물을 찾기 쉬웠다. 건물 입구에 들어가서 주민등록증을 내고 안내하시는 분을 따라갔다. 그 당시 개발협력에 대한 지식은 많이 없었기 때문에 그 행사의 개요를 조사하고 들어갔다.

그곳에는 네 명의 면접관이 계셨다. 나중에 알고 보니 외교관 한 분과 외교부 직원들, 행사주관업체 직원 등 모두 그 포럼에 직접적으로 관련된 분들이셨다. 지금까지 면접 경험이 있어서 그런지 그렇게 떨리지는 않았다. 여러 질문을 받고 건물을 빠져나왔다. 같은 조에 개발협력에 대해 술술 얘기를 풀어놓던 사람이 있어서 일부러 합격에 크게 마음을 두지 않았는데, 합격했다는 연락을 받았다.

국제회의 참여 경험이 없었기 때문에 UN 개발협력고위급포럼(United Nations Development and Cooperation Forum)에 참여해 보는 것은 굉장한 설렘이었다. 나는 외교부 사무국에 배정받았다. 그곳에 있으면서 내가 굉장한 일을 한 것보다는 새로운 세계를 훔쳐보는 기회가 많았다. 처음으로 UN이라는 조직과 외교부를 가까이에서 보았고, 앞으로 내가 배양해야 할 실력에 대해서도 생각하게 되었다.

새벽 4시에 일어나 송도 컨벤시아로 향하면서 가기 싫은 발걸음을 떼느라 힘들었다. 세계적인 포럼에서 나는 구경도 제대로 하지 못하고 무엇을 시킬지만 기다려야 했기 때문이다. 하지만 분명히 그 속에서도 얻는 것이 있었다. 이번 포럼에서는 일에 대한 생각보다 외교관이라는 직업에 대해서 생각해보게 된 기회였다.

포럼 전에 외교관이란 직업을 생각했을 때는 원어민 수준의 발음과 제2 외국어를 완벽히 구사해야 할 것만 같았다. 그런데 외교관들을 직접 보니 예상과는 달리 토종 한국인의 발음으로 외국인과 의사소통을 했다. 국제기구나 국제 이슈를 담당하는 직업을 가지려면 외국어를 완벽히 구사하는 것보다는 정확하게 의사소통할 정도의 커뮤니케이션 능력과 전문분야의 지식을 갖추어야 한다는 현업 종사자들의 조언이 사실임을 깨달았다.

예전에 인터넷에서 외교관이 시험을 보기 위해 준비한 외국어 공부 노트를 본 적이 있다. 빽빽하게 정리된 영어표현들과 프랑스어 단어들, 자신만의 방법으로 메모해 암기한 흔적들이 가득한 암기 노트를 보면서 외교관이라는 직업도 천재적인 재능보다는 자기 자신을 이길만한 노력을 한 사람에게 주어지는 것이란 걸 느꼈다.

UN 포럼에 행사요원으로 일하면서 아주 작은 일이라도 열심히 하는 것의 중요성과 직업에는 귀천이 없다는 것, 멋들어져 보이는 외교관이라는 직업은 그만큼 고되다는 것을 보았다.

고위관료를 위해 일하고, 직접 일을 처리하면서 몸이 몇 개라도 힘든 직업임을 옆에서 보고 책을 통해서는 느낄 수 없는 수없는 많은 것을 느꼈다. 진정 하고 싶은 것이 있으면 기회를 만들어 그 직업을 가까이에서 꼭 보길 권한다.

▶ 2015 유엔 개발협력포럼 고위급 심포지엄 현장

'환경'과 함께 한 가장 시원했던 여름

국제대학원에 들어오기 전에 꼭 정부지원 국제기구 인턴십에 도전하리라고 다짐했었다. UN과 같은 국제기구에서의 인턴십은 무보수이기 때문에 개인적으로 도전하기는 쉽지 않은 것이 사실이다. 하지만 정부에서 지원하는 프로그램을 통해서라면 체제비 등의 지원을 받고 인턴십을 할 수 있어 부담이 적다.

현재 정부지원 국제기구 인턴십 프로그램은 약 세 개가 있다. 외교부는 '중남미 지역 기구 인턴파견 프로그램'과 '국제재생에너지기구(IRENA) 인턴 파견사업'을 하고 있다. 또 환경부에서는 '국제환경전문가 양성과정(IEETP)' 프로그램을 통해 성적 우수자에게 인턴십 기회를 부여하고 있다.

나는 국제전문 여성인턴프로그램이나 환경부의 국제환경전문가 양성과정 프로그램에 지원해야겠다고 마음먹고 있었다. 그런데 국제전문 여성인턴프로그램은 내가 대학원에 입학하면서부터 프로그램이 사라졌다.

마침 환경 쪽에 관심이 많고 향후 진로도 환경 쪽으로 생각하고 있었기 때문에 국제기구에 가지 못하더라도 국제환경전문가 양성과정을 해야겠다고 결심했다.

이 프로그램은 서류전형과 면접으로 나뉜다. 서류전형을 통과하고 면접까지 통과한 후 환경, 국제관계 등의 과목을 150시간 이수해야 한다. 중간중간에 여러 번의 시험과 영어 에세이, 팀 페이퍼, 그리고 연구 발표 등으로 엄격하게 점수를 매긴다.

작년 공고가 났을 때의 시점을 보면서 올해는 언제 공고가 날지 매일 홈페이지를 들여다봤다. 공고가 뜨자마자 서류를 작성하고 요구하는 서류를 꼼꼼히 준비한 뒤 제출했다. 다행히 서류전형에 합격하고 면접을 봐야 했다.

나는 환경 관련 전공학생이 아니므로 면접에서 불리했다. 어떤 이슈에 대해 질문받을지 몰라서 전반적인 환경 이슈를 정리해 계속 읽었다. 이렇게 환경에 대해 전반적인 지식을 쌓아본 적은 없었기 때문에 면접은 나에게도 공부할 좋은 기회였다.

다행히 프로그램에 합격하고 처음 프로그램이 시작하던 날 아침, 강의실에 들어가 보니 많은 학생들이 신문을 보거나 각자 공부를 하고 있었다. 마치 시험 당일날의 강의실 같았다. 나는 열심히 공부하는 학생들을 보며 조금 주눅이 들어 과연 앞으로 어떤 나날들이 펼쳐질지 궁금했다.

일주일 세 번, 오전 아홉 시부터 오후 다섯 시까지 강의를 듣고 조별 발표와 보고서 제출을 위해 개인 시간을 활용해서 조원들과 논의하는 나날들이 이어졌다. 학교에서 강의를 아침부터 연속해서 들으면 지치기 마련인데, 이 프로그램을 들으면서는 전혀 그런 생각이 들지 않았을 뿐만 아니라 재밌기까지 했다.

국제기구, 외교관, 현직 고위 공무원, 교수 등 각계에서 오신 강사분들의 다양한 얘기를 직접 들을 수 있는 것도 큰 장점이었다. 국제기구에서 활동하면서 느낀 점과 갖춰야 할 소양 등 궁금한 것이 있어도 개인적으로는 접촉할 기회가 별로 없었는데, 매 강의마다 다양한 분들이 오셨다. 원래 흥미가 없으면 나서는 성격은 아닌데 강의들을 들으면서 매번 질문거리가 생겼다. 꼭 환경과 관련된 일이 아니라도 궁금한 점을 질문하다 보니 자신감도 생기고 내가 앞으로 나아갈 방향이 조금씩 선명해지는 것이 느껴졌다.

나는 우리 조원 준한이, 소영이를 만난 것이 행운이었다. 처음에 서먹서먹할 줄 알고 걱정했는데 냉동 난자에 관한 주제가 나오니 모두 흥미를 느끼고 아는 내용을 털어놨다. 처음에 이렇게 특이한 주제로 가까워지다 보니 케미가 남달랐다.

우리는 서울시 태양광 정책과 타 국가 정책을 비교하는 주제로 발표했는데, 그 과정이 상당히 흥미로웠다. 이 과정에서 나의 강점과 약점을 깨닫고, 자극받아 더욱 신이 났다.

모든 과정과 수료식을 마치고 국제기구 파견 선발자 발표가 났다. 선발되었다는 발표를 보고 정말 기뻤고, 한 걸음 한 걸음 걷다 보면 어딘가에는 도달할 것이라는 확신이 생겼다.

나는 EU에 관심이 있고, 대학원 1학기에 EU 센터에서 소정의 장학금을 받았기 때문에, EU 관련 논문을 써야 했다. 따라서 UN 오피스가 많은 방콕이나 UNEP 본부가 위치한 케냐, 미국 등은 우선순위에서 배제되었다. 대신 오스트리아 빈에 위치한 UNIDO, 독일의 UNCCD, 그리고 제네바에 있는 UNEP 등을 목표로 했다. 처음에는 파리에 본부가 있는 유네스코에 갈 것이라는 생각이 전혀 없었다. 유네스코는 교육, 문화와 관련된 곳 또는 유적지를 관리하는 곳으로만 알았기 때문이다. 하지만 나중에 보니 유네스코가 환경 쪽에서 하는 일이 아주 다양하면서도 심도 있다는 것을 알게 되었다.

IEETP 과정에서 국제기구 인턴십 학생으로 선발되는 것도 아주 좋다. 하지만 뜨거운 여름 내내 치열하게 공부하고, 새로운 세계를 알게 되고, 무엇보다 나와 비슷한 가치관을 가지고 있는 좋은 사람들을 만났던 것이 더 큰 여운으로 남아있다. 그 시간은 다시 돌아가도 좋을 만한 아주 소중한 기억으로 남아있다.

지속 가능한 세상을 꿈꾸며

환경문제는 우리가 직접 겪지 않고서는 와 닿지 않는다. 북한과 직접적인 마찰이 있기 전까지는 남북한 문제보다 연예인 가십거리에 이목이 쏠리는 맥락과 비슷하다.

'지속가능 개발'이란 1987년 처음 등장한 개념으로, 미래 세대가 살 환경을 충분히 조성해주고 우리 세대의 필요를 충족시킨다는 목적을 지닌다. 현재 UN에서 지속가능 개발목표(Sustainable Development Goals) 상위 17가지 목표를 두고 실행하는 것도 그 일환이라 할 수 있다.

얼마 전 레오나르도 디카프리오가 샴푸를 쓰면 환경을 해치기 때문에, 샴푸를 쓰는 친구와 절교했다는 기사를 봤다. 너무 극단적인 선택이 아닌가 싶으면서도 나를 되돌아보게 되었다. 정작 환경에 신경 쓴다고 하면서도 실천에는 소홀한 게 아닌가 하는 생각이 들었다.

우리는 점점 뿌연 공기 중에 살게 되면서 미세먼지 경보에 귀를 기울이고, 지구 온난화로 인한 자연재해를 겪으면서도 우리의 생활 습관은 그대로인 경우가 많다. 나 또한 환경에 관심을 가지게 되었고 기후변화가 미래에 훨씬 큰 파장을 일으킬 걸 알면서도 매일 환경에 해가 되는 일을 '자행'하고 있었다.

그 이유는 우리가 기후 변화 예방의 대가를 지불한다고 해도 직접 그리고 당장 받을 수 있는 효과는 미미하기 때문이다. 또 환경문제는 우리가 겪을 수 있는 지리적 범위보다 훨씬 멀게 발생하는 경우가 많은데, 이를 '공간적 거리감'이라고 한다(『탄소전쟁』, 박호정, 미지북스). 공간적 거리감 때문에 환경문제를 자각하면서도 이를 막기 위한 실천이 어려운 것이다.

IPCC(Intergovernmental Panel on Climate Change)의 한 시나리오에 따르면, 21세기 말에는 온실가스 배출이 현재와 같다면 지구 온도가 약 4.8℃ 상승한다고 한다(http://ccas.kei.re.kr/climate_change/menu3_5_04.do).

그렇게 되면 우리 미래세대는 이 지구에서 살아남기 어려울 것으로 보인다. 그렇지 않아도 한반도는 출산율 감소로 지속적인 고령화가 진행되고 있는데, 지구온난화까지 겹칠 경우 대한민국은 지구상에서 사라지고 말 것이다. 대한민국뿐만 아니라 다른 나라들도 마찬가지이다. 현재도 많은 '환경난민'들이 발생하고 있다. 호수에서 고기잡이로 먹고살던 사람들이 생계수단을 잃어 다른 나라에 난민으로 가야 한다.

이렇게 환경문제 때문에 생계에 근본적인 어려움을 겪는 일들이 우리에게는 생소하게 느껴진다. 그래서 우리가 겪기 전에는 발 벗고 환경을 위한 실천에 동참하기 어려운 것으로 생각한다.

내가 환경오염에 얼마나 영향을 미치는지 쉽게 와 닿는 개념이 있었다. 물발자국이란 어떤 상품을 생산하는 데에 드는 총 물의 양을 일컫는다. 우리가 매일 마시는 커피 한 잔은 물 140L를 필요로 하고 면 티셔츠는 약 2,500L, 소고기 1kg에는 15,000L가 필요하다. 이렇게 음식이나 상품을 소비하는데 드는 총 물의 양을 가상으로 나타낸 수치를 물발자국이라고 한다. 처음에 물발자국에 대한 얘기를 들었을 때 묘한 감정이 들었다. 나는 커피를 좋아하고 고기를 먹는데, 그럴 때마다 생각 이상으로 많은 양의 물을 소비하다니 놀라웠다. 알고 나니 때론 죄책감이 들 때도 있었다.

과연 환경문제에 관심을 가지고 기여하고 싶다면 디카프리오처럼 샴푸를 쓰는 친구와 절교까지 해야 할까? 또 생산 과정에서 물이 가장 많이 드는 고기는 먹지도 말고 티셔츠도 걸치지 않은 채 생활해야 할까?

내가 환경에 관심을 가지고 몇 년 뒤부터 나의 생활을 점검해 보기 시작했다. 디카프리오처럼 극단적인 방법을 선택하지는 않더라도, 또 내 생활을 유지해 나가면서도 지구를 위해 할 수 있는 일은 얼마든지 있을 것이다. 여전히 절대적인 기준에는 못 미치지만 계속 되뇌고 있다는 자체만으로도 언젠가 환경친화적인 습관이 정착될 것으로 생각한다.

현재 세대와 더불어 우리 자손들이 살 수 있는 터전을 위해서 충분한 노력을 기울여야 할 시기이다. 환경문제를 정치구호나 어젠다로 삼는 것에서 벗어나서 모두의 생활 습관으로 자리할 날이 왔으면 한다.

유네스코 인터뷰

누군가 인생 일은 아무도 모른다고 했을 때 '인생은 어느 정도 예측할 수 있어'라며 코웃음 치던 내가 나이가 들면서 정말 인생은 알 수 없는 거라고 뼈저리게 느끼고 있다. 국제기구를 선정할 때 처음에는 무조건 유럽을 선호했었다. 사실 유럽을 주제로 한 논문을 써야 했기 때문이기도 했지만, 동남아시아에 가면 더운 날씨 때문에 온종일 기진맥진해 있을 게 눈에 선했기 때문이다. 그래서 무조건 나는 유럽을 가야겠다고 마음먹었다.

그리고 얼마 지나지 않아 방콕오피스에 계신 분들이 알차게 생활하는 것을 보고, 또 큰 기구들보다 작은 기구들이 더 포괄적인 일을 할 수밖에 없으니 넓은 경험을 할 수 있는 방콕오피스쪽으로 점점 마음이 기울었다.

그런데 한창 유엔 커리어 사이트를 보면서 커버 레터와 CV를 수정할 무렵 유네스코 본부에 면접대상자로 선정됐다는 이메일을 받았다. 지금까지 유네스코라는 기구에서 일할 거라는 생각은 전혀 한 적이 없었고 유네스코에 대해서 깊숙이 알지도 못했다. 문화와 교육, 그리고 유적지에 대한 이미지가 강한 기구이기 때문에 나와는 맞지 않는 곳이라고 쉽게 판단했던 것이다. 그래서 인터뷰는 시험 삼아 보기로 하고 조금은 공부해야 겠다 싶어 컴퓨터를 켜려고 하는 순간 프랑스에서 인터뷰 전화가 왔다.

처음에는 정말 음질이 좋지 않아 전화기를 귀에 바짝 대고 내용을 듣기 위해 심혈을 기울였다. 그래도 기왕 볼 거 내 나름의 최선을 다하자 싶어 "Bonjour"를 외치며 짤막한 불어로 나를 어필했다.

처음에 인사담당자가 나에게 인터뷰를 시작한다고 하길래 알았다고 하고 마음을 다잡았다. 질문을 시작할 줄 알고 숨을 죽이고 있는데 갑자기 첫 인터뷰어와는 다른 목소리의 사람이 "안녕, 혜진"이라며 또다시 자기 소개하는 것이 아닌가? 나는 당황해서 다시 인사했고, 간단할 거라 예상했던 인터뷰가 생각대로 전개되지 않을 것을 직감했다. 그분은 나의 지난 경력들과 유네스코에서 기여할 수 있는 점 등 경력을 토대로 물어봤고, 나는 내가 본 것과 경험들을 토대로 대답했다. 그분은 특히 EU에서 인턴을 했던 것을 반가워하는 눈치였는데, 유네스코가 유럽 지역에 있는 기구라 그런지 그와 관련된 경력이 좋게 생각되었던 것 같다.

그래도 나름대로 대답을 차분히 잘했다고 생각하고 다음 질문을 기다렸는데 이번엔 밝은 목소리의 불어 느낌이 강한 여자분이 자기 소개를 하셨다. 이때 나는 이 인터뷰는 단지 스크리닝을 위한 인터뷰가 아니라 '이곳에서도 많은 신경을 써서 진행하는 인터뷰'라고 느꼈다. 그리고 두 분 정도 더 질문하셨는데 그 당시 파리에서 개최되고 있던 COP21(파리 기후협약 당사국총회)에 대해 물어보시고 환경에 관한 질문을 하셨다.

전 세계적으로 기온을 섭씨 2℃가량 낮추지 않으면 미래세대에 위협이 되며 전 지구적으로 심각한 결과를 초래한다. 또 산업혁명 이후로 급격히 올라간 기온과 여러 환경 문제들에 대해 논의하고자 파리 기후협약 당사국총회가 개최되었다. 1992년 교토의정서 이후로 환경 분야에서 아주 중요한 총회가 개최되고 있는 것이다. 나는 여기에다가 법적 구속력이 있는(legally binding) 환경 규제 등에 대해서도 언급했다. 결국, 법적 구속력 있는 결과는 아니었지만 전 세계적으로 아주 큰 의미가 있는 총회가 되었다. 그 말을 언급하고 다음 인터뷰로 넘어갔다.

세 번째 인터뷰어는 'Water and Science' 부서에 있다고 소개하고 “메콩 강을 아십니까?”라고 물어봤다. 개인적으로 물 문제에 관해 깊이 알지는 못하지만 메콩 강과 물 문제의 Transboundary Issues(국경을 초월한 문제)의 심각성과 유네스코의 역할 등을 언급했다. 그리고 처음 인사담당자분으로 돌아와 며칠 내로 답변을 주시겠다고 하고 인터뷰가 끝났다.

유네스코 하면 나와는 관계없는 기구라 여겼었는데 인터뷰가 끝나니 꼭 합격했으면 좋겠다는 생각이 강렬히 들었다. 그렇게 소망이 생긴 적은 정말 오랜만이었던 것 같다.

그때부터 유네스코에서 하는 일들과 인턴 수기 등을 읽으면서 어떤 기구인지 천천히 알아나갔다. 방콕 UN 오피스로 마음을 돌릴 찰나에 이렇게 다시 유럽 쪽으로 마음을 돌리게 된 것이다.

유엔 사무국 하면 뉴욕을 제일 먼저 떠올리고, 그다음 제네바를 떠올리고 오스트리아 빈, 태국 방콕, 케냐 나이로비는 조금 더 깊숙이 아는 사람만 아는 정도다. 그런데 파리에는 유엔 기구가 별로 없다.

원래 파리에 있는 OECD(경제협력개발기구)가 몇년 전부터 나의 희망 사항이었다. 구체적인 이유보다는 예전에 YPP에 우리나라 사람이 두 명 합격했다는 뉴스를 보고부터 꿈꿔왔던 것 같다.

하지만 OECD는 기본적으로 통계 지식을 필요로 하는데 이번 학기에 처음으로 통계 수업인 연구방법론을 듣고 나의 길이 아님을 일찌감치 파악했다. 연구방법에는 질적 연구, 양적 연구가 있는데 질적 연구는 전문가 또는 관련 종사자 등에게 심층적으로 질의하고 이를 바탕으로 연구 결론을 도출하는 것이고, 양적 연구는 말 그대로 수치들을 조사해 통계적으로 결론을 도출하는 것이다. 그런데 나는 지금까지 통계를 접해보지도 못했을뿐더러 연구 주제와 상관관계를 입증해야 하는 발표를 해야 하니 정말 난감했다. 그래서 잘하지 못할 바에는 마지막 학기에 질적 연구방법론을 듣자고 생각하고 그 과목을 드롭했다. 이후부터는 OECD에 대한 나의 열망도 아예 사라져 버렸고 내가 잘하고 나를 필요로 하는 곳에 가자는 생각이 많아졌다. 그래서 이번에 파리는 가지 못할 거로 생각했는데 뜻밖의 인터뷰를 통해 파리에도 가능성이 열린 것처럼 보였다.

그렇게 유네스코에서의 연락을 기다렸다. 며칠 뒤 합격했다는 이메일을 받았다. 처음에 원했던 곳은 아니었지만, 국제기구에 합격했다니 너무 기뻤다. 마치 탄탄대로를 걸을 것 같은 느낌이 들었다. 그렇게 나는 파리에 갈 생각에 들떠 본격적인 준비를 시작했다.

합격통지서를 받기까지

처음 인터뷰를 보고 합격통보를 받기까지는 얼마 걸리지 않았지만, 그 이후에 공식 합격통지서(acceptance letter)를 받기까지는 두 달이 넘게 소요됐다. 프랑스는 워킹 비자를 받는 데 한 달 정도 소요된다고 들었기 때문에 더 마음이 조급했다. 게다가 집 구하기 정말 힘들다는 파리에서 거주할 집을 미리 한국에서 구해야 했고, 거주증명서를 세 달 치나 떼어야 했기 때문에 정말 난감했다.

어느덧 2016년이 되었고 어느 정도 평온한 상태에 접어들었다. 그런데 처음 합격 메일을 받고 나서 한 달이 지나도 아무런 연락이 없었다. 점점 시간이 지날수록 처음의 여유롭게 생각하려던 마음과는 달리 내가 혹시 합격 취소가 된 게 아닐까 하는 생각이 들었다. 그곳의 담당자들에게 메일을 보내도 'Je suis absent du bureau(부서에 부재중입니다)'라는 짧은 불어로 된 자동

답장만 발송될 뿐 아무런 답이 없었다.

물론 나의 일정이 허용한다면 무작정 기다릴 수 있지만, 다음 학기 조율과 인턴을 다녀온 후의 계획 등 해야 할 일이 있었기 때문에 그럴 수 없었다.

특히나 프랑스 유네스코 측의 절차는 매우 느린 편이었다. 메일을 보내도 답장이 오지 않거나 한참 뒤에나 오는 경우가 많았다. 유네스코는 자금이 부족하므로 인력이 부족하다. 그러다 보니 개인 업무량이 많은 기구 중 하나다. 나는 인사부서에서도 모든 직원들을 관리하느라 일손이 부족하겠거니 생각했다. 그런데 나중에 직접 가서 안 사실인데, 담당 직원이 무엇을 처리해 달라고 해서 들어가면 개인 SNS를 하고 있고, 만나서 부탁해도 알았다고 하면서 처리는커녕 툭하면 자리에 없었다. 유네스코에 들어가고 싶어하는 유능한 직원이 많을 텐데 참 안타까운 생각이 들었다.

메일로는 도저히 소통되지 않아 직접 유네스코에 전화를 걸어 부서를 알아보고, 부서장에게 메일을 보내놓고 개인적으로 필요한 일을 먼저 하기로 했다.

먼저 국제기구들, 주요 포럼들의 어젠다와 기사 등 중요하다고 생각하는 글들을 요약하고 내 의견을 쓰는 작업을 시작했다. 그동안 글로벌 이슈에 대한 지식은커녕 내 관심사조차 깊은 지식이 없어 자신감이 없었기 때문에 이를 만회하기 위한 노력으로 작업을 시작했다. 또 국제기구에 필요한 어학 능력을 향상하기 위해 하루에 프랑스 문장 하나씩은 꼭 외우려고 했다. 중국어나 일본어처럼 학교에서 접해본 적도 없는 언어이기 때문에 처음에는 익히기 힘들었지만, 기초부터 조금씩 매일 하다 보니 감이 쌓이기 시작했다. 또 영어는 여러 분야의 원서들을 읽고 단어를 외우면서 실력을 키워가려고 했다. 아무래도 외국에서 학교를 나오거나 살다 온 것이 아니므로 감으로써의 영어능력이 떨어져 걱정했으나, 같은 시간을 효용성 있게 사용한다면 나도 모르게 그 '감'이 생길 것을 믿고 열심히 공부했다.

그렇게 하루하루를 충실히 보내려고 노력하면서 지냈다. 그러던 어느 날, 다시 시도해보자는 생각으로 메일을 보내고 기다리다 보니 공식적인 합격통지서를 받게 되었다. 이제 프랑스 비자를 받기 위해 집을 구하고 여러 서류를 떼는 등 많은 절차를 밟아야 했다. 드디어 프랑스에 입성하기 전 첫 번째 관문을 통과한 것이다.

날짜가 나온 것만으로도 행복했다. 오퍼를 받자마자 두려웠던 첫 마음과는 달리 이제는 감사한 마음이 가득했다. 내 나이 스물여덟, 적지 않은 나이에 예속되어 있지 않고 어딘가를 향해 나아가는 중인 것이 정말 감사했다. 그동안 늘 나조차 알 수 없는 사막의 신기루에 끌려다닌 느낌이었다면 이제는 낮엔 해를, 밤엔 달을 좇아가고 있는 것 같다. 누구도 내 미래가 어떨지 알지 못하지만 내 삶이 나로 만족하는 한 행복할 것 같았다.

Part 05

•

국제무대를 향하여

첫 유네스코 입성

나는 자연과학(Natural Science) 부서의 물 팀(water sector)에 배정받았다. 프랑스에 도착하기 전에 부서장인 블랑카의 안내로 알렉산드로스라는 수퍼바이저와 계속 연락을 했기 때문에, 유네스코에 출근하기 전에 알렉산드로스에게 다시 한 번 메일을 보냈다.

알렉산드로스는 출장 갔다가 오후에 돌아온다면서 그때쯤 유네스코 건물 로비에서 행정 담당자와 함께 들어오면 된다고 했다. 알렉산드로스와 사전에 이메일을 주고받을 때 너무 친절해서 어떤 사람인지 궁금했다. 출근하기 전에 실제로도 좋은 분이었으면 하고 바랐다. 일보다 사람이 더 중요한 요소이기 때문이다.

오후에 도착해서 드디어 유네스코 건물에 들어갔다. 에펠탑이 보이고, 앞에는 프랑스 군사학교가 있었다. 집에서 40분 정도 걸어서 파리를 구경하면서 출근했다는 것이 신기했다. 보안검색을 마치고 로비에 들어서자 알렉산드로스의 비서가 있었다. 출입허가증을 발급받고 비서는 나를 알렉산드로스에게로 데려다주었다.

알렉산드로스는 그리스인이었는데, 실제로 보니 더 나이스했다. 복도에 지나가는 사람들마다 안부를 묻고 한 사람도 지나치는 법이 없었다. 그리고 팀원들 한 명 한 명에게 나를 인사시켜주었다.

사람들과 인사를 마친 후 알렉산드로스는 업무에 대해 설명해주었다. 나의 전공인 법과 국제관계의 조합이 너무 흥미롭다면서 현 부서에는 이런 전공자가 필요했다고 했다. 알렉산드로스의 팀에는 공학 출신이 대부분이었기 때문이다. 내가 할 업무는 국제환경법, 물과 관련해서 영국의 한 로펌에서 오는 프로보노 변호사들과 같이 국제 물 분쟁지역에 관한 프로젝트라고 했다. 내 논문 주제와 정확하게 일치했기 때문에 소름이 돋았다. 또 내가 프로젝트를 하나 이끌도록 업무를 주겠다고 했다. 알렉산드로스와의 만남 이후로 유네스코에서의 인턴 기간을 최대한 연장하고 싶다는 생각을 했다.

유네스코에 오기 전, 물 부서에 배정되고 나서 논문 주제 또한 물에 대해 쓰기로 했다. 유럽의 물 분쟁에 대해 법적 논점으로 주제를 잡을 생각이었다. 유럽은 국가끼리 인접해 있는 경우가 많다 보니, 강과 호수도 겹치는 부분이 많아 물 분쟁이 많을 것 같다는 생각에서였다. 그런데 환경에 관해서는 국제법적 규정이 명확히 없다.

다음날 부푼 마음으로 유네스코로 향했다. 그런데 어제의 행정 직원이 나는 다른 사람한테 가야 한다고 했다. 알고 보니 내 수퍼바이저가 바뀌었다고 했다. 원래 행정적으로 배정되었던 곳은 아부라는 수퍼바이저가 이끄는 부서였기 때문에 그곳으로 가야 한다고 했다. 겉으로 표현은 못 했지만, 마음이 좋지 않았다. 내 관심사와 정확히 일치하는 업무였는데 부서가 바뀌다니 실망스러웠다. 갑자기 흥분과 기대가 모두 가라앉았다. 그래도 새로운 분야를 연구할 기회를 가질 수도 있으니 한 번 살펴보기로 했다.

진짜 수퍼바이저가 될 아부에게로 가서 자초지종을 설명했다. 블랑카는 워터 부서의 최고수장인데, 블랑카가 나에게 알렉산드로스의 부서에 배정해서 이런 착오가 생긴 것 같다고 설명했다. 알렉산드로스는 아쉬워했고, 아부는 조금 당황한 눈치였다.

유네스코는 대부분 혼자 아니면 두 명이 같은 방을 쓴다고 사전에 알고 왔다. 나는 '바바라'라는 아부의 직속 행정직원과 같은 방을 썼다.

바뀐 부서는 물 부족에 관해 과학적인 접근을 하는 부서였다. 나와는 동떨어진 일을 했다. 하지만 아부와 같이 일하는 아닐이 나를 직접 뽑았다는데, 그만한 이유가 있을 터라고 생각했다.

물 분야팀은 UN 전 기관에서 물을 다루는 가장 중요한 부서이다. 국제연합에서 2015년에 지속가능 개발목표(Sustainable Development Goals -SDGs)를 설정했는데, 총 17가지의 큰 목표가 있다. 여섯 번째 목표에는 모두에게 식수를 제공하고 식수의 지속 가능한 관리와 위생시설을 확립한다는 내용을 담고 있다. 아닐이 이끄는 팀은 크게는 지속가능 개발목표와 물과의 관계, 중앙아시아와 물 부족 문제를 다뤘다.

가자마자 그다음 주에는 국제수문학회의(IHP-International Hydrological Program) 부서 회의가 있었다. 6월에 국제수문학회의가 개최될 텐데, 그에 관한 기술적인 부분을 회의하는 자리였다. 처음 행사가 개최되어서 어떤 일을 하는지, 어떤 부분을 논의하는지 궁금했다.

IHP 부서 회의 당일 날, 다른 유네스코 빌딩으로 출근했다. 유네스코 본부가 어떤 일을 하는지 볼 기회였다. 회의 내용은 대부분 IHP의 규정과 절차 등 기술적인 부분을 가지고 논의하는 것이었다. 지역사무소가 대개 실무적인 부분을 담당하는 반면에, 본부는 거시적인 부분을 담당한다.

첫 부서의 큰 행사인 제 3회 IHP 부서회의가 끝나고 직속 수퍼바이저인 아닐이 나를 불렀다. 2015년 9월에는 지속가능 개발목표가, 12월에는 파리협정이 체결되었는데 물과 관련된 이슈를 파악하고 많은 나라들의 상황과 국제관계가 어떻게 될 것인지 나보고 한 장짜리 보고서로 작성하라고 했다. 보고서 작성은 국제기구에서 필수라고 누누이 들어왔기 때문에 '올 게 왔구나'라고 생각했다.

처음에는 한 장짜리라고 해서 정말 다행이라 여겼는데 자료들을 읽다 보니 차라리 장수 제한이 없는 게 훨씬 쉬웠겠다고 생각했다. 방대한 자료를 한 장으로 버무리고 요약하는 것이 가장 어렵다는 걸 처음 느꼈다.

그때부터 지속가능 개발목표(SDGs-Sustainable Development Goals)의 물에 관련된 부분을 공부했다. 아직은 공부가 많이 필요하다고 느꼈다. 많은 자료를 보고도 체계적으로 학습했다는 피드백이 없으니 더욱 지식에 대한 고갈을 느꼈다.

인턴들과의 점심

인턴을 시작한 지 얼마 안 된 어느 날 인턴들끼리 점심을 같이 먹었는데, 보통 프랑스인이 많아서 그런지 프랑스어를 섞어 쓰면서 얘기를 했다. 나는 유네스코에 오기 전 프랑스어 기초를 다지고 왔지만, 원어민이 얘기하는 것에 비하면 벙어리 수준이었다.

인턴들은 점심을 먹으면서 러시아 대통령 푸틴과 프로파간다를 주제로 대화했다. 푸틴은 국민의 지지율 몇 퍼센트를 얻으며 러시아에서 신임을 받는데, 어딜 가나 푸틴의 사진이 붙어있을 정도로 선전 정책을 잘했기 때문이라는 얘기를 했다. 여기서 중국인 인턴은 중국보다는 심하지 않을 것이라며 반박했다. 시진핑은 거의 자국 내에서 신처럼 이곳저곳에 다 존재한다고 했다. 푸틴은 시진핑에 버금가지 못한다는 의미였다. 나는 중국도 북한에 비할 바가 못 된다고 생각했지만, 세계의 민감한 이슈이기도 하고 한국의 이미지를 생각해서 꾹 참았다.

인턴들과의 대화에서 느낀 점은 다른 사람의 일상을 가지고 얘기하는 것이 아니라 사회현상과 그에 대한 생각과 의견을 놓고 '평범한 대화'를 하는 모습이 신선하게 느껴졌다. 범인은 다른 사람을 놓고 대화하지만 그렇지 않은 사람은 삶의 본질과 꿰뚫는 통찰력으로 생산적인 대화를 한다는 말이 떠올랐다.

식견을 가지기 위해서 필요한 지식

읽고 보고 흡수하는 작용은 한낱 보기에 아무것도 하지 않는 것 같지만, 나중에는 큰 위력을 발휘한다. 우리 부서에서 6개월가량 인턴을 하고 스페셜리스트로 2개월간 있는 일본인 친구 요는 인턴과 스태프들 간의 교량 역할을 했다.

나의 직속 수퍼바이저였던 아닐이 유엔 해비타트(UN HABITAT —United Nations Human Settlements Programme)에서 보낸 지속가능 개발목표 11번에 대한 문서를 보내면서 읽고 얘기해보자고 했다. 나는 솔직히 지속가능 개발목표에 대해 완전히 숙지도 못했을 뿐더러 물에 관련된 국제 협의 사항을 파악하느라 고생하던 중이었기 때문에, 그 문서를 읽으며 물에 관련된 지속가능 개발목표 6번과 문서를 머릿속에서 연결하는 작업만 하고 끝냈다.

그런데 그 후 요가 아닐과 나에게 메일을 보냈는데, 이 문서에는 유엔국제재해경감전략기구(UNISDR-United Nations International Strategy for Disaster Reduction)가 담당하는 지속가능 개발목표 제11의 5번이 빠져있다면서, 이에 대한 첨부 문서와 더불어 자신의 의견을 개진한 내용을 덧붙였다.

국제기구에 와서 실제로 사람들의 역량을 볼 기회는 그리 많지 않다. 직접 볼 수 있는 큰 회의나 미팅에서는 대외적 사항과 발표 능력 등을 볼 수 있지만, 그 사람이 가지고 있거나 그동안 잘 쌓아올린 지식에서 나오는 예리함 등을 쉽게 볼 수 없다.

요는 2개월 동안 스페셜리스트로 있지만 계속 연장하는 것이 목표라고 했다. 그런 만큼 유네스코에 필요한 인재로써 필요한 능동적인 자세와 방대한 양의 배경지식 등을 갖추려고 노력하고 있었다. 나는 요의 이런 점을 보고 그 많은 똑똑한 사람 중에 국제기구에서 엄선된 사람이 될 수 있으려면 어떤 점을 강화해야 하는지 깨달았다. 이 세상에 똑똑한 사람은 차고 넘치지만 각 기구가 필요로 하는 사람은 따로 있다.

유네스코의 한국인

맨 처음 우리 부서의 일본인 직원 요와 함께 ID 카드를 만들기 위해 내려갔을 때였다. 사진을 찍고 모든 절차를 마치고 나오자 요는 어떤 동양인과 불어로 유창하게 대화를 나누고 있었다. 나는 멋쩍게 옆에 앉아서 일본인 두 명의 대화 '소리'를 듣고 있었는데, 그 직원분이 나에게 영어로 일본인이냐고 물으셨다. 한국인이라고 대답했더니, 갑자기 한국어로 어떻게 왔냐고 하셨다. 일본인인 줄 알았던 그분은 한국인이었다. 너무나 반가웠다.

안 그래도 이곳에 오기 전에 같은 프로그램의 동생이 유네스코 직원 한 분을 알려줬는데, 꼭 만나보라고 했던 그분이셨다. 그분은 소르본대학 철학과를 나오셔서 예전 유네스코에 철학부서가 있을 때부터 계셨다. 그 직원분께서 자신의 성함을 알려주시며 언제 밥을 사주겠다며 반가워하셨다. 이 이후로 로비에 내려가면 자주 마주치곤 했다. 같이 커피를 마시며 얘기도 나누고 유네스코에서 재직하려면 어떻게 해야 하는지, 본인은 어떻게 유네스코에 이렇게 오래 근무하게 되셨는지 등 많은 말씀을 해주셨다.

국제기구에 가려면 생각보다 네트워킹이 중요하다. 또 정규직이 되기는 엄청 어렵다. 한 번 인턴으로 있을 때 많은 인맥을 쌓아놓고 실력을 보여 줘야 하며, 어떤 지역의 어떤 기구를 가느냐에 따라 기회의 문이 넓을 수도, 좁을 수도 있어서 운도 많이 작용한다. 나는 아직 국제기구에 발을 들여놓진 않았지만, 현업에 종사하시는 분들의 말을 종합해보면 이렇게 수렴한다.

그리고 유네스코의 경우 계약 기간을 짧게라도 계속 연장을 해서 10년이 지나고 정규직이 되는 경우가 많다고 했다. 그만큼 안정적인 생활을 포기하고 언제나 준비된 사람만이 입성할 수 있다. 본인도 컨설턴트로 계속 연장하다가 결국 정규직이 되었다고 했다.

또 그분은 여성의 경우 국제기구에 근무하다 보면 결혼을 못 하는 경우가 허다하다고 하셨다. 실제로 부서장과 여러 여성들이 미혼인 경우가 많았다. 많은 지역을 옮겨 다녀야 해서, 어느 곳에 정착할 수가 없다. 어떤 한국인 여성분은 유네스코 일에 사명감을 느낀 나머지 남자가 아닌 세계의 아이들과 결혼했다고 하셨다고 한다. 그만큼 사명감이 없으면 일하기 힘든 곳이 국제기구인 것 같다.

예전에 이런 말을 본 적이 있다. 인생에서 성공하려면 친구, 사랑, 가족 세 가지 중 기껏해야 두 가지만 가질 수 있다는 것이다. 사실 셋 다 포기해야 하는 경우가 많다. 대의를 위해서 봉사하려거든 자신의 일부를 버려야 하는 것이다.

유네스코뿐만 아니라 국제기구에서 종사하는 한국인은 대부분 사명감을 가지고 있다. 똑똑한 머리 뿐만 아니라 뜨거운 가슴을 가지고 있는 것이 국제기구에서 일할 수 있는 암묵적인 요건인 것 같았다.

국제기구에 대한 생각

맨 처음 사법부 행사에서 법조계를 향한 나의 열망이 세계로 확대되었다. 막상 꿈을 이뤄도 생각과 실상의 괴리가 아주 커서 실망하는 사람이 많다. 그래서 직접 국제기구를 경험해보고 차근차근 준비하는 게 내 성격에 맞았다. 처음 유네스코 본부에 인턴이 되고 본부라는 사실에 더 기대되었다. 필드에서 일하는 것보다 본부에서 거시적으로 조망하는 게 나와 맞다고 생각했기 때문이다.

그런데 유네스코 본부에서 인턴을 하면서 생각이 바뀌었다. 머리도 물론 중요하지만, 손과 발이 있어야 세상을 움직일 수 있다. 국제기구 인턴십을 통해 무언가를 배우고 싶다면 본부가 아닌 지역 사무소로 가야 한다는 말을 들었는데, 그 말이 일리가 있었다.

경험해야 내가 가야 할 길을 알 수 있다는 생각을 품고 있지만, 이 경험 뒤로 내가 가야 할 길에 대한 생각이 복잡해졌다. 내가 할 수 있는 것, 나를 필요로 하는 곳, 그리고 세상을 향한 나의 비전을 생각하니 뒤죽박죽이었다. 하지만 내가 모르는 와중에도 그렇게 생각을 하면서 한 발짝 더 나아가고 있다고 생각한다. 예전에는 생각만 하던 것에 그쳤지만, 유네스코에서의 경험을 통해 내 삶의 그림을 더 구체적으로 그려가고 있다고 믿는다.

▶ 팀 빌딩, 회식에서 알렉산드로스, 부서장 블랑카, 한국인 직원과 함께

▶ 팀 빌딩에서 물 부서장 블랑카의 축사 모습

▶ 유네스코 본부 전경

▶ 유네스코 본부 전경

▶ 유네스코 7층 직원식당에서 보이는 에펠탑

▶ IHP 부서회의 모습

녹록지 않았던 파리생활

파리에서 집 구하기가 정말 어려웠다. 혼자 사는 스튜디오는 월 백만 원이 넘었고, 집에서 방 하나에 거주하는 곳도 구십 만 원에 육박했다. 근교에 있는 집을 구하면 가격이 내려갔지만, 당시 파리 테러 등으로 어수선하여 나는 집 구하는 데 있어서 안전을 최우선으로 두었다. 그래서 한인이 많이 거주하고 가장 안전한 지역인 15구 위주로 보았다.

고심 끝에 15구에 있는 한인이 거주하는 아파트의 방을 선택했다. 그런데 실제 가서 보니 방에는 전등도 없고 달랑 공부용 스탠드 하나만 있었다. 추위가 매서웠지만 난방 시설조차 없었다. 더 난감했던 건, 프랑스존의 게시글과는 달리 주인아주머니는 주방용품을 모두 새로 사야 한다고 말씀하셨다. 그리고 세면대에서 절대 세수하면 안 되는데, 바닥에 물방울이 튀는 걸 원하지 않기 때문이라고 하셨다. 그 외의 주의사항들이 적힌 종이를 받고 처음엔 '모두 조심하면 되겠지'라고 생각했다. 그런데 어느 날 방문 앞에 왜 집에서 나갈 때 환기를 위해 방문과 창문을 열고 나가지 않았느냐는 내용의 빨간 쪽지가 붙어 있었다.

프랑스 집은 특이한 구조가 아주 많다. 방과 방 사이에 또 다른 방이 있고 이어진 화장실이 있는 식이다. 그래서 중간에 낀 방의 경우에는 창문이 없어 통풍이 안 된다. 집의 중간 방은 책과 냉장고를 놔두는 용으로 사용되었다. 나는 그 중간에 있는 방의 환기를 위해 부재 시 방문을 열어두고 돈은 항상 가지고 다니라는 말을 들으니 방이 안식처라는 생각이 들지 않았다.

이뿐만 아니라 내가 나갔을 때 내 방 점검을 하고 나서 내가 들어오면 바닥청소를 자주하라는 말을 듣기도 했다. 처음에는 모두 지킬 수 있을 것으로 생각했는데 자꾸 이런 문제와 부딪히다보니 점점 최대한 아주머니를 마주치지 않으려고 노력하게 되었다.

나는 국제기구 인턴십 체재비로 월 120만 원 정도를 지원받았다. 집값을 빼고 최대한 아껴서 생활해도 돈이 모자랐다. 파리는 생각보다 물가가 비쌌다.

끼니를 위해 주방용품을 모두 다 사려니 생활비가 모자랐기 때문에, 최대한 깔끔하게 먹을 수 있는 전자레인지 조리용 음식이나 한인 마트에서 파는 라면으로 때웠다. 그런 생활을 이어나

가다 보니 건강에도 이상이 생기고 인턴십도 엉망이 되어가는 것 같았다.

그때부터 정신적, 육체적 안식처가 있다는 게 얼마나 고마운 일인지 깨달았다. 생활하는 곳은 누추할지라도 좋은 사람을 만나는 게 중요하단 것도 깨달았다.

집에 있는 세탁기는 아주머니의 동의하에 한 번 사용할 수 있었다. 나는 손빨래와 빨래방을 병행했다. 다행히 프랑스는 동네마다 빨래방이 잘 갖추어져 있었다.

어느 날 빨래방에 가서 빨래를 돌리고 나서 잠깐 앉아있었는데 눈물이 났다. 당장 먹을 것이 없었고 기대했던 생활과는 너무나도 거리가 멀었기 때문이었다. 내가 정신력이 약한 건지 싶기도 했지만, 절대적으로 상황이 좋지 않았다.

나는 생활고가 심해져 인턴십을 종료할 수밖에 없었다. 더 이상 경제적으로 지원받을 곳도 없었다. 인턴십 기간이 축소되자 일수와 관계없이 지원금은 개월 단위로 모두 반납해야 했다. 집 보증금으로 백여만 원 정도가 묶여있어 반납할 돈이 없었기 때문에 여기저기서 빌려야 했다. 물론 비자 문제도 있었지만, 생활고 때문에 더 앞당겨 인턴을 종료할 거라고는 미처 예상하지 못했다. 예전에 영국에 있을 때 매니 아줌마의 집에서 생활하면서 행복했던 기억들, 브뤼셀 게스트하우스에서 평온하게 보낸 날들이 스쳐 지나갔다.

토종 한국인의 외국어 공부 분투기, 외국어는 필수!

내 주위에는 외국에서 살다 오거나 외국에서 학교에 다니다가 온 사람들이 아주 많다. 외국어는 글로벌 업무를 하기 위해서 가장 필수적인 능력이다.

내가 목적의식을 가지기 전에는 국제 업무를 하는 사람들은 무조건 '네이티브 스피커들'일 거라는 생각을 했다. 그런데 국제기구에서 종사하시는 분들의 이야기를 듣고, 외교관이나 국제업무를 보시는 분들을 보니 내 생각이 왜곡된 것이었음을 깨달았다. 실제로 외국 거주 경험이 오래되신 분은 많지 않았다. 토종인 분들이 상당히 많은 것이 의외였다. 그 대신 자신만의 주관과 신념, 그리고 다양한 경험을 가지고 관련된 공부를 한 노력의 대가들이었다.

언어는 소통의 수단이다. 와이파이망이 깔린 곳에서 인터넷을 사용하지 않으면 아무 소용이 없다. 와이파이망이 외국어 실력이라면, 인터넷 사용은 업무에 필요한 지식이다. 하지만 역으로 기본 인프라가 없이는 지식을 펼칠 기회조차 주어지지 않기 때문에 외국어 공부는 필수다.

내가 처음 영어를 접한 것은 유치원 때였다. 그 당시 영상과 비디오게임 방식으로 영어학습방식을 도입한 유치원에 다녔던 것이 참 행운이었다. 하지만 그 당시의 학습 내용은 단어나 알파벳, 영어란 어떤 것인지 등 기본적인 것에 그쳤기 때문에 영어 실력 향상에 큰 영향을 미쳤다고는 할 수 없다.

성인이 되고 본격적으로 영어공부를 시작하면서 문구점에서 색상지를 무더기로 샀다. 나는 컬러감이나 비주얼적인 부분이 마음에 들면 더 집중이 잘 되기 때문에 색상지로 선택했다. 다양한 색상의 A4 용지를 카드 모양으로 몇천 장으로 나누어 잘랐다. 그리고는 무식하게 단어장에 있는 단어를 모두 적고 외워 나갔다. 그리고 어느 정도 외웠다 싶었을 때 이 정도로는 부족하다고 생각해 SAT 카드 단어장을 구입해 외우기 시작했다.

그런 과정을 거치고 많은 양의 단어를 눈에 익혔을 때부터 영어공부에 흥미가 붙었다. 문장을 해석하거나 리딩을 할 때 가장 걸림돌이 되는 것이 글을 읽다가 모르는 단어를 찾는 것이었는데 그런 걸림돌이 점점 사라지니 공부하기가 한결 수월해졌다.

어휘공부를 끝내고 회화, 작문공부를 해야 했다. 그런데 도통 감이 잡히지 않았다. 영어식 사고방식이 몸에 배지 않았기 때문에 문장 배열에 큰 어려움을 느꼈다. 나는 학원식 교육방식을 좋아하지 않는다. 물론 도움이 될 수는 있겠지만 나에게 딱 맞는, 그리고 탄력적이면서 집중적인 영어 공부를 할 수 없기 때문이다. 이때부터 나만의 방식을 또 한 번 찾아 나가야 했다. 공부를 시작하는 것보다 공부법 찾기가 가장 어려웠다. 너무도 간절했기에 영어를 잘하는 사람들을 만나게 될 때마다 영어공부법에 관해 물었다. 어떤 사람은 직접 책을 추천해 주기도 하고 어떤 사람은 "그냥 하면 돼"라며 쿨하게 대답해 주기도 했다. 나는 들은 것과 내가 생각한 방법들을 조합해서 공부해나갔다.

토익점수는 많은 곳에서 필요하므로 토익 문법 공부를 시작했다. 문법 공부와 동시에 한-영 작문을 연습할 수 있는 교재를 사서 하루도 거르지 않고 풀었다. 문장구조를 익히는 데는 리딩만큼 중요한 게 없는 것 같다. 우리나라 말도 많이 읽어본 사람이 글을 잘 쓰는 것과 같은 이치다. 매일 외신이나 원서를 읽으면서 문장구조를 익히고 독해속도를 향상해 나갔다. 이렇게 공부하면서 하루하루 잠자는 시간이 너무도 아까웠다.

국제대학원에 들어가서는 고급영어 구사의 필요성을 느꼈다. 라이팅과 프리젠테이션 능력이 중요하므로 영어에 박차를 가했다. 영어 실력과 전공 지식을 동시에 쌓으려니 정말 힘들었다. 처음에는 기가 죽기도 했지만, 점점 자신감이 붙고 자주 영어를 사용하려고 노력했다. 하지만 휴학을 하고 영어를 사용하지 않을 때는 말이 제대로 나오지 않아 곤욕이었다. 영어 실력도 자주 접해야 퇴색하지 않는다는 말이 맞는 것 같다.

국제업무는 평소에 말할 수 있는 정도의 수준의 영어보다는 더 전문적인 영어 능력이 필요하다. 구체적으로 말하면 일상생활에서 사용하는 영어보다는 국제사회에서 통용되는 전문영어, 더 깊게 들어가서는 그 부서에서 어떤 프로젝트를 맡느냐에 따라 어휘 범위도 달라지고 문서의 구성이 달라지기도 한다. 그래서 무조건 영어권에서 거주했다고 해서 해당 기구나 회사에서도 뛰어난 기량을 발휘하는 것은 아니다. 하지만 분명 언어를 정확하고 논리적으로 구사할 수 있으면 할 수 있는 업무의 범위가 넓어지는 것은 사실이다. 또 제2외국어와 제3외국어 등 국제기구에서 자주 사용하는 언어를 익히는 것이 유리하다. 영어 공부를 꾸준히 하면서 프랑스어 감각 익히기에 나섰다.

프랑스어 도전기

나는 무조건 독학파이기 때문에 처음 프랑스어를 도전할 때는 겁이 많이 났다. 전 세계에서 가장 어려운 언어라고 소문난 프랑스어를 과연 내가 혼자 할 수 있을까라는 생각이 앞섰다. 그래서 처음에는 프랑스어와 친해지기 위한 노력부터 시작했다.

나는 처음에 스위스, 프랑스, 오스트리아, 독일 등 프랑스어 또는 독일어권 국가에서 체류하는 것을 생각했기 때문에 미리 언어를 공부해 두기로 했다. 프랑스어는 처음에 독학으로 시작했기 때문에 발음과 문법을 익히기가 난감했다. 그 난감함 때문에 프랑스어를 처음부터 다시 시작한 적이 몇 번인지 헤아릴 수 없다.

결국, 진지하게 공부를 해보기로 하고 프랑스어 발음, 문법, 회화책을 샀다. 그리고 시간이 날 때마다 어순과 발음을 익히기 위해 공부했다. 그랬더니 처음에는 정말 아무런 희망도 재미도 없던 프랑스어 공부에 흥미가 생겼다.

그다음부터 유네스코에 가기로 결정이 나자마자 프랑스어 공부에 박차를 가했다. 지금도 여전히 초급 단계에 불과하지만 새로운 언어를 익혀간다는 것이 흥미로운 것 같다.

사실 언어공부는 보이지 않지만 매일 자기 실력에 맞는 적절한 공부를 지속한다면 계단식으로 확확 실력이 오른다. 때로는 공부를 해도 오히려 뒤로 물러나는 느낌이 들어 좌절할 때도 있지만, 꾸준히 공부한다면 못 오를 산은 없다고 생각한다.

참고자료 : 외국어 공부에 유용한 무료사이트 & 자료

① 코리아타임스 - NIE Times
http://www.koreatimes.co.kr/www/LTNIE/learningtimes.asp
코리아타임스로 '영어 달인 되기'라는 코너의 도움을 많이 받았다.
시사영어와 고급영어표현을 익히는 데 아주 좋은 사이트다.

② BBC Learning English
http://www.bbc.co.uk/learningenglish/
처음에 영국영어를 공부할 때 매일 이 사이트에 접속했다. 초보영어부터 뉴스영어까지 BBC에서 외국인을 위한 영어 공부 자료를 제공한다. 영국 발음을 친절하게 동영상으로 하나하나 설명해주는 코너도 있어서 영국 영어를 공부하고 싶다면 필수적으로 이 사이트를 거쳐야 한다고 생각한다.

③ 테드
http://www.ted.com/

④ CNN
Student news http://edition.cnn.com/studentnews/

⑤ EBS 라디오
Easy English / Power English / 귀가 트이는 영어
산책할 때나 대중교통을 이용할 때 꾸준히 들었다. 이지 잉글리시는 아주 기초적인 표현을 배울 수 있고, 파워 잉글리시는 우리가 잘 알지 못하는 구어 표현을, 귀가 트이는 영어를 통해서는 듣기능력을 향상할 수 있다.

⑥ 교재
1) 영어순해
생소한 영어구조를 익히기에 아주 좋은 교재
2) 제2외국어
EBS 입에서 톡 프랑스어 등 '입에서 톡' 시리즈

Part 06

•

완만하고 아름답게 꿈을 이루기 위하여

돈으로 살 수 없는 무급(無給) 청춘, 이십 대 인턴 생활기!

예전에 제네바 유엔기구에 인턴으로 근무하던 학생이 돈이 없어 텐트를 치고 생활한 것이 화제가 되었다. 유엔기구에서 인턴을 할 경우에는 기본적으로 무급이기 때문에, 물가가 비싼 제네바 같은 곳에서 숙식을 해결하기에는 어려움이 있다.

국제기구 뿐만 아니라 우리나라 공공기관, 대사관, 기업 등에서는 학생들에게 열정으로 경험을 사라는 '열정페이'가 논란이 되기도 했다. 열정페이가 학생들의 노동착취라며 비판을 하는 사람들도 있고, 무급이라도 여러 곳에서 아주 실력 있는 학생들이 스펙을 쌓을 기회를 잡으려고 해서 굳이 유급인턴으로 돌릴 필요가 없다고 주장하는 사람들도 있다.

세상에 그 어떤 문제도 정확한 답은 없지만 내 생각은 이렇다.

28살까지 총 여섯 군데에서 인턴을 했다. 지금까지 내가 여러 곳에서 인턴을 한 이유는 순수하게 정말 그곳의 분위기와 조직,

사람들과 일하는 방식 등을 알고 싶어서였다. 또 세계와 우리나라에 도움이 되는 사람이 되고 싶어서 그 방법을 강구하기 위해 많은 경험을 택한 것 같다.

첫 번째 대법원에서의 인턴은 법조계의 현실에 들어가 보고 싶었기 때문에 기자단에서 최우수상을 받고 거머쥔 기회였고, 싱가포르 무역회사에서의 인턴은 모의 아시아연합총회를 거치면서 아시아를 직접 경험해보고 싶었기 때문에 한 것이었다. 물론 인턴십을 수행하면서 내가 원하던 것은 얻지 못했지만, 그 속에서 귀중한 경험을 했다. 그 후부터 인턴십에 대한 관심과 멀어지면서 인턴 말고 진짜 내 업은 무엇이 될 것인가에 대한 고민을 시작했다.

그렇게 많은 고민을 하면서 나는 계속 나만의 시간을 가졌고, 쉬는 시간에 시사 토론 프로그램을 보면서 정치에 관심을 가지게 되었다. 그러면서 내 눈에 국회의원실에서 인턴을 할 수 있다는 프로그램이 눈에 띄었고, 인턴을 그만하겠다는 생각과는 달리 또다시 어느 국회의원실에서 인턴을 하게 되었다. 무급인턴이었고 상임위가 열리지 않았던 때라 아주 바쁘지는 않았지만, 그곳에서 생각보다 정말 많은 것을 느꼈고 사람에 대해서도 생각해보게 된 좋은 기회였다. 그리고 실제 정치와 우리나라가 돌아가는 것도 거시적으로 볼 수 있었다.

그리고 2013년에는 브뤼셀의 EU 의회(Parliament) EPP 정당 소속 의원실에서 인턴을 하게 되었다. 감사하게 재단에서 지원을 받아서 갔기 때문에 아주 무급 인턴이라고 할 수는 없지만, 기본적으로는 인턴은 무급이 원칙이었다.

이곳의 인턴들은 모두 뛰어났고, 실제 보좌관들이 하는 일을 보조하는 것뿐만 아니라 직접 정책 제안도 하고 여러 활동에도 참여하면서 역동적인 인턴생활을 했다. 특히 이곳은 세계 어느 곳에도 없는 28개국이 모인 특별한 기구이기 때문에 무급 인턴이라고 하더라도 열정페이라기보다는 정말 돈 주고도 살 수 없는 소중한 경험을 위한 투자라고 봐도 무방했다. 나는 유럽의회에서의 인턴십 이후로 많은 것이 달라졌고, 우리나라에서는 느낄 수 없는 것들을 느꼈다.

이후 환경 관련 연구소에서는 인턴으로서는 적지 않은 페이를 받았지만, 실력 있는 사람들이 모인 집단에서 사람이 연구과제에 뒷전인 것을 보고 회의감도 들었다.

다른 학생 중에는 나보다 더 많은 아르바이트를 하면서 자신의 용돈을 책임지는 친구들이 많은 것으로 알고 있다. 하지만 요즘엔 아르바이트조차도 구하기 어렵고 서류에 붙어도 면접에서 떨어지는 경우가 허다하다. 열정페이가 부각되었던 이유도 이러한 원인이 한 몫을 하는 것 같다. 내가 하고 싶은 직무를 경험해보고 싶지만 당장의 생활비를 조달할 여유가 되지 못하는 친구들은 애초에 그런 기회조차 박탈당하기 때문에 원천적인 장벽이 되는 것이다.

세계적으로 불평등이 아주 큰 이슈가 되고 있다. 폐지를 누구보다 먼저 차지하기 위해 지하철을 뛰어다니는 사람들, 권고사직을 당하고 퇴직 후 자영업을 하다가 결국엔 문을 닫고 어디로 가야 할지 모르는 가장들, 자식들은 떠나고 최저생계비로 하루하루 식비를 조달해야 하는 할머니와 할아버지들, 그리고 취직준비 할 비용조차 없어 아르바이트를 전전하며 취업준비를 하는 많은 학생들까지. 이와 반대로 실력과 상관없이 좋은 회사에 취직해서 여전히 부모님께 용돈을 받는 사람, 돈을 최고의 가치에 두고 돈 없는 사람을 천대하는 사람, 부모님의 유산을 두고 형제끼리 이간질하며 연을 끊게 만드는 사람 등 뉴스를 보면, 주위만 둘러봐도 우리나라에도 양극이 상존한다.

열정페이라는 것도 양극화의 산물인 것 같다. 하고 싶은 것을 경험하는 기회조차 얻지 못하는 실력 있는 학생들에게는 무급 인턴제도가 불공평한 것일 수 있다. 반면에 자신이 진정 원하지 않으나 이력서에 한 줄을 채워 넣기 위해 인턴을 하려는 학생이라면 과연 그 인턴십이 얼마나 실효성이 있을까를 묻고 싶다. 본인이 정말 원하는 직무에 들어가기 전까지는 이 업무가 나에게 적합한지, 앞으로 상당한 기간동안 잘할 수 있는지 알 수 없다. 하지만 체험형이든 전환형이든 인턴십 기회는 자신의 진로를 확실히 하는 데 아주 큰 도움을 준다.

열정페이 제도는 분명 문제가 있으니 수면 위로 떠오른 것이다. 하지만 그 심연에 숨어있는 자신의 인턴 지원 의도를 잘 살펴보았으면 한다. 나도 간절함이 없는 것은 모두 떨어졌기에 다행이지 정말 간절했던 일들에서는 무언가를 크게 얻고, 나도 기여를 했다고 생각한다.

그리고 생활은 아주 힘들더라도 많은 사람들이 행복하게 살 수 있는 세상에 기여하기 위해 남은 청춘도 노력할 것이다.

급변하는 세상 속에서

'제4차 산업혁명'이라는 키워드를 필두로 자율주행 자동차, 사물인터넷, 3D 프린팅 등 세상이 격변하려는 움직임이 거세다. 무어의 법칙(Moor's Law-마이크로칩에 저장할 수 있는 데이터 양이 18개월마다 2배가 된다는 법칙)에 따르면 우리가 사용하는 전자기기의 초소형화로 인해 매년 인간의 삶의 방식이 우리가 알 수 없을 만큼 엄청나게 바뀌고 있다고 한다. 혁신적인 사람이 추앙받는 시대가 있었지만, 이제는 혁신적인 사람이 되지 않으면 시류에 편승할 수조차 없다. 그래서 느리게 삶을 음미하면서 꿈을 이루려는 사람은 하얀 백조들 속에 혼자 '블랙스완'처럼 여겨질 수 있다.

현재부로 약 일곱여 개의 기관에서 인턴 경험을 하면서 셀 수 없이 많은 것들을 느꼈다. 때마다 공통적으로 진입 장벽이 높거나 '대단한 사람들'이 많았다. 그래서 그 사람들에게 내 약

점이 드러날까봐 두려워하기도 했다.

시간이 지나면서 점점 그 두려움이 '나도 할 수 있음'으로 변해가면서 자신감이 생겼고, 부족한 점은 더욱 채워나가며 노력해야 하는 발전의 원동력이 되었다. 동시에 늘 내 자신을 갈고 닦아야 하며 어떠한 때에도 교만하지 않을 것을 마음에 깊게 새겼다. 또 다양한 곳에서 경험하면서 한 현상을 보고 다각적으로 직관할 수 있는 능력이 생겼다. 경험 이외의 시간들에는 다양한 분야의 서적을 읽거나 어학 공부를 하고, 세상으로 나가야 할 때에는 그걸 토대로 발휘하는 순간으로 삼았다.

나는 밥을 먹을 때도, 가끔 산책을 할 때도, 자기 전에도 시도 때도 없이 해야만 하는 것들에 대해 생각했고, 어떻게 해야 성공의 키를 거머쥘지에 대한 고민만 했다. 그러다 보니 몸이 무너져 내려 아무 것도 할 수 없는 상태에 이르기까지 했다. 그런 과정을 거치면서 지금은 사회적 성공의 기준은 바로 내가 세우는 것이란 걸 알았다. 그리고 평범하게 사는 삶이 얼마나 어려운지를 깨달았다.

시인 낸시 우드는 "사건과 사건 사이의 공백이야말로 진정한 삶이 이루어지는 시기이다. 기쁨과 슬픔, 두려움과 실망이 반쯤 남아 있는 그 시간이야말로 커다란 경험의 목걸이를 이루기 위해 하나의 끈에 꿰어져 있는 구슬들이다"라고 했다. 지금 돌아 보면 인간적으로 성숙했고 발전한 시간들은 어떤 일들 사이의 공백이었다. 그 당시에는 도태되고 정체되었다고 느꼈지만 지나고 보니 역동적으로 무슨 일이 일어날 때보다 그 사이 훨씬 자랐다.

세상에 완벽한 사람은 없다. 내가 높게 보았던 사람도 사실 나약한 부분이 있고, 기세등등해 보이는 사람도 콤플렉스가 있는 하늘 아래 똑같은 사람일 뿐이다. 그러니 어떤 사람보다 잘나기 위해 아등바등할 필요가 없다. 자신에 맞는 것을 찾아 자족하면서 사는 마음가짐을 세팅해 놓는 것이 더 중요하다고 본다. 한 예로 파우스트가 극 중 한 말을 들 수 있다.

> 어쩌란 말인가! 나는 철학, 법학과 의학, 아니 신학까지도
> 공부해 보았다!
> 열과 성을 다해 속속들이 공부했다.
> 그래 봤자 나는 여전히 형편없는 바보야!
> 전보다 똑똑해진 게 하나도 없다.
> 석사니 박사니 하는 칭호를 갖고
> 하마 10년이 넘도록

제자들의 코를 움켜잡고
산으로 계곡으로 쏘다녔건만
깨달은 거라곤 아무것도 알 수 없다는 것뿐!
가슴이 바짝바짝 타는 것만 같다.
하기야 내가 세상의 엉터리 같은 녀석들,
박사니 석사니 서기니 성직자보다야 낫지,
나는 의구심이나 양심의 가책 같은 건 없다.
지옥이나 악마 같은 것은 두렵지 않다.
그러나 대신 나는 모든 기쁨을 빼앗겼다.
나는 뭔가 제대로 아는 것도 없으며
사람들에게 뭔가 가르쳐 이들의 마음이나
태도를 고칠 수 있다고 생각지도 않는다.

- 괴테의 『파우스트』 중

아무리 공부하고 탐독해도 결국 남는 것이 없다는 파우스트의 말은 삶의 궁극적인 의미를 되새기며 살아가는 자세의 중요성을 일깨워준다.

'메타인지'라는 단어가 있다. 'metaphysics'는 형이상학이라는 학문이다. 'physics', 즉 물리적인 것을 초월하는 지식이다. 메타인지와 형이상학의 메타(meta)는 상위적인 접두어로 비슷한 의미를 지닌다. 우리는 우리가 아는 것을 아는 능력, 우리 자신을 아는 능력을 키워야 한다. 그래야 끌려다니지 않고 살 수 있다.

우스갯소리 반, 진지한 얘기 반으로 하는 말이지만 앞으로 로봇이 인간을 대체할 것인데, 그렇게 되면 사람은 더욱 객체화될 것이다. 사람의 존재 가치가 떨어진다. 격변하는 이 시기에 더욱더 사람 자체가 주인이 되는 삶이 조성되고, 그런 주인의식을 가진 사람들이 많아졌으면 한다. 또 많은 사람들이 조금 느려도 괜찮다는 생각으로 삶을 완성해 나가는 행복을 맛보았으면 한다.

끝으로 『그 청년 바보의사』를 쓴 故 안수현 씨의 말을 인용하여 글을 마치려고 한다.

> 우린 너무 많은 사람들에게 최고의 작품으로 인정받기 위해 안달한다. 하지만 심원한 감동은 완벽한 사람보다는 오히려 연약함 가운데 삶의 아름다움을 잔잔히 보여주는 이들에게서 넉넉히 흘러나오지 않는가. 비움 가운데 더 큰 채움의 은혜가 임한다는 사실을 우리는 종종 잊고 산다.
>
> -『그 청년 바보의사』, 안수현

참고도서

『클라우스 슈밥의 제 4차 산업혁명』, 클라우스 슈밥, 새로운현재
『블랙스완』, 나심 니콜라스 탈레브, 동녘사이언스
『그 청년 바보의사』, 안수현, 이기섭, 아름다운사람들
『인생수업』, 엘리자베스 퀴블러 로스
『파우스트』, 요한 볼프강 폰 괴테, 문학동네
『땅끝의 아이들』, 이민아, 시냇가에 심은 나무
『탄소전쟁』, 박호정, 미지북스